Coronel Lágrimas

Carlos Fonseca

Coronel Lágrimas

EDITORIAL ANAGRAMA
BARCELONA

Ilustración: «The Horse Room», 2006, foto © Barry Iverson

Primera edición: febrero 2015

Diseño de la colección: Julio Vivas y Estudio A

© Carlos Fonseca, 2015

© EDITORIAL ANAGRAMA, S. A., 2015
   Pedró de la Creu, 58
   08034 Barcelona

ISBN: 978-84-339-9791-3
Depósito Legal: B. 308-2015

Printed in Spain

Reinbook Imprès, sl, av. Barcelona, 260 - Polígon El Pla
08750 Molins de Rei

Para Ati, esta comedia

Si él se exalta yo me rebajo; si él se rebaja yo me exalto. Lo contradigo siempre, hasta que él comprenda que es un monstruo incomprensible.

PASCAL

I

Al coronel hay que mirarlo muy de cerca. Acercarse hasta el punto de la molestia, hasta verlo pestañear en cámara lenta con ese rostro juvenil pero cansado que ahora vuelve a arrojar sobre la página. Entonces lo veremos en su verdadera pasión, meticuloso sobre el papel que parece tocar con la delicadeza de un monje, como si no se tratase de un escrito sino de algo sagrado. Pero eso no basta. Hay que acercarse más hasta ver su imagen disuelta en pequeños puntos. Pixeles de una locura latente. Matices de un crema pálido sobre los cuales de repente, ahora que volvemos a enfocar, surge ese rostro que conocemos tan bien: la cabellera riza cayendo en cascada, la parte frontal calva y los ojos encendidos por una pasión que desconocemos. Es ésta la pasión mortal que perseguimos en todos sus gestos, en todos sus movimientos, hasta verlo descompuesto en una serie de sucesivos cuadros fotográficos: aquí las manos en gesto de escritura, aquí las manos relajadas, aquí las manos en suspensión, aquí las manos sobre el café. Sí. El coronel bebe café porque escribe. En una blanca mañana de invierno el coronel se sienta a escribir su vida.

Español: *Pirineos;* francés: *Pyrénées;* catalán: *Pirineus;* occitano: *Pirenèus;* aragonés: *Pireneus;* euskera: *Pirinioak.* Habría que trazar un mapa y narrar una historia. Pero no hay tiempo. Al coronel le queda poco tiempo. Por eso basta con decir: el coronel vive en los Pirineos y es por eso que ahora que se quita los lentes, redondos y adorables, la mañana se vuelve a desdibujar hasta hacerse plenamente blanca. Y aun ahí, con la mirada volcada sobre el horizonte blanco, sentado en calma, notamos las huellas de una pasión que no se apaga. Él no lo sabe pero le queda poco tiempo. Por eso basta esbozar las escenas con pinceladas orientales. Acercarse hasta más no poder y verlo disuelto en su propia pasión. En una mañana cualquiera el coronel se sienta a contar tres historias.

No sabemos por qué lo llamamos el coronel. Tal vez porque hay en su rostro huellas de un hombre en misión, de una aristocracia marcial que lo mide todo. Tal vez porque en plena guerra apostó por la huelga y por el conocimiento. Sí, el coronel fue matemático pero ya no lo es. El coronel vio la guerra desde el campo, pero sin armas. El coronel fue famoso pero decidió dejar de serlo. Ahora que lo vemos sentado ante la blanca mañana no podríamos imaginarlo en las montañas de Hanói, rapado al estilo *gonzo,* escribiendo indescifrables ecuaciones que sólo un puñado de gente entendía, dictando clase mientras a su alrededor un festival de detonaciones servía como música de fondo. Vietnam fue para él una sinfonía dodecafónica escrita en símbolos sobre una pizarra negra. Nunca le gustaron los aplausos. Tal vez por esa rectitud marcial hay que llamarlo coronel y no profesor. Así, con los rizos cayendo en cascada sobre una imponente calva, tiene algo de héroe griego, de *Aquiles socrático*, de maestro solitario. Hace años que prefiere las montañas verdes y blancas al bullicio citadino. Hace veinte años que tomó la decisión: la muerte lo encontraría en paz.

Ahora que le queda poco tiempo, nuestro pequeño aristócrata monástico deja el café sobre la mesa, mira una fotografía de un desierto blanco y toma la pluma en mano. Pluma fuente, como las que siempre usó, con buena tinta y su nombre tallado sobre el dorso. Podríamos acercarnos un poco y ver su nombre pero preferimos no hacerlo: al coronel no le gusta su nombre. Toma la jeringa, rellena el cartucho con tinta y lo inserta. Está listo para escribir. Entonces, desesperados, corremos a ver qué escribe pero se nos hace difícil. El coronel escribe con la espalda muy encorvada, lo cual no deja espacio para el espionaje. Vamos por un lado, vamos por el otro, pero no hay forma. La espalda encorvada del coronel recuerda las garzas sobre los pastos verdes de Andorra.

El título toma media línea: *Acqua Vitae*.
El subtítulo le sigue: *Retratos de Tres Divas Alquímicas*.

Ignoramos en qué momento y por qué este hombre decidió dejar su trabajo serio, su trabajo respetable y honorable, su trabajo profesional como matemático. En fin: su trabajo bien pagado. Lo que sí sabemos es que desde entonces emprendió un alocado proyecto autobiográfico mediante la escritura de un catálogo megalomaníaco de vidas ajenas. La vida escrita en espejos, la vida vuelta ajena, la vida vuelta múltiples vidas. Sí: el coronel tiene muchas vidas que esconde día a día en un mueble de muchísimas gavetas pequeñitas, entre un desorden de libros y tabaco. Sí: el coronel siempre fuma mientras escribe. El tabaco lo ha acompañado durante esta larga travesía autobiográfica que también ha sido una especie de monasterio espiritual. Ahora que nos acercamos nuevamente, lo vemos escribiendo con un ritmo frenético, con una puntuación casi aleatoria, con la pipa suspendida en el aire y los ojos clavados en el papel. Lo más extraño de todo es que la autobiografía ajena –como la llamó en algún momento– no la escribe en voz propia y ni siquiera en voz masculina, sino en una voz muy objetiva que retrata vidas femeninas. Hoy regresa a uno de sus temas favoritos: la alquimia. Y como siempre, a las divas.

A veces se pasea por la casa con el rostro pensativo en una especie de arqueología de la memoria. Camina por esa casa que por momentos le queda grande, solo como está, pero que llena con su presencia calmada pero expansiva, como si se tratase de un yogui oriental. Viste una especie de toga color crema que parece acentuar su excentricidad. Entonces nos podemos acercar hasta su escritorio de trabajo, excavar un poco entre los papeles y ver lo que ha escrito hasta ahora. Podemos ver su método: la forma en que organiza alfabéticamente las entradas, en ese orden arbitrario y falso de las enciclopedias que sin embargo sosiega nuestro afán de rectitud. Podemos ver, de cerca y con paciencia, la forma en que la nueva entrada ha sido ubicada entre los papeles correspondientes a la letra *A* y más específicamente a la *Alquimia*. Nombre de mujer, decimos, le debe gustar. Y si fuésemos más lejos y nos atreviéramos a abrir todas las gavetas, encontraríamos lo que parece ser una historia universal de las ciencias falsas: la alquimia y la fisiognomía, el mesmerismo y el humorismo, la magia y la astrología. Veríamos, entre los papeles con su idiosincrática caligrafía, desplegarse una protohistoria de la ciencia, una historia subterránea de los principios olvidados narrada a través de una serie de figuras femeninas que decidieron entrar en una historia que las expulsaba de inicio. Y todo esto acompañado de una extraña aseveración que sólo podríamos atribuir a una locura con destino: todo esto lleva al momento actual y está escrito en mi nombre.

Al coronel hay que salvarlo de la locura y de los psiquiatras. Hay que acercarse a él lo suficiente para creer en su proyecto. Lo sé: hay una distancia precisa desde la cual todo esto tiene sentido. Sólo hay que buscarla, encontrarla y luego sentarse a verlo escribir las profecías de esa ciencia olvidada.

Por el momento ha escrito un nombre, unas cuantas fechas y lo que parece ser el esbozo de una historia de amor. El nombre: *Anna Maria Zieglerin*. Las tres fechas: 1574, 1550, 1564. Todo esto en esa caligrafía perfecta, altamente higiénica, que encontramos en las cartas que durante sus primeros años de hermetismo le escribió a su colega mexicano Maximiliano Cienfuegos. Documentos que ahora reniega, las cartas dejan algo claro: la locura del coronel tiene orden y método. Por eso, ahora que pone la pluma sobre el papel, volvemos a mirar por sobre el hombro como si se tratase de un oráculo.

No cabe duda: nuestro personaje es un noble ermitaño. Y, como tal, pertenece a una gran tradición. Él lo sabe muy bien: la maldición del mundo moderno serán las categorías. *Ermitaño:* del latín *eremīta*, que a su vez deriva del griego ἐρημίτης o de ἔρημος, significando «del desierto». Lo sabe muy bien. Por eso ha incluido una entrada en su enciclopedia sobre las famosas *Madres del Desierto*. Ascetas que, siguiendo la tradición impuesta tras la Paz de Constantinopla, dejaron las ciudades del imperio y emprendieron la marcha hacia los desiertos de *La Tebaida*. Sobresale un nombre: *Sinclética de Alejandría*. Si buscáramos entre los papeles de este hombre cansado encontraríamos uno que dice:

> *Sinclética de Alejandría* – símbolo de la valentía de las madres del desierto. Nació en Egipto en el IV siglo después de Cristo y vivió vida eremítica. Perteneciente a una familia aristocrática de Macedonia, la bella virgen decidió salir de la ciudad y recluirse en una cámara sepulcral propiedad de su familia. Allí se recortó el pelo frente a un cura y juró ayunar por meses. Entre sus obras se encuentra: *Apophthegmata Matum*.

Pero el coronel no habita en el desierto. Por más que una fotografía de un desierto de sal se parezca al paisaje que lo rodea, le encanta saber que este silencio es el de la blancura de los Pirineos. Y así, nuestro noble ermitaño es una reencarnación moderna de aquel Simón del desierto que, trepado a diecisiete metros de altura, vio la historia humana como algo que le era ajeno. A veces, el coronel mira la aldea que se halla a millas de distancia y ríe, con una risa no desprovista de melancolía.

Sin embargo, hoy la mañana le sonríe con perversidad. La vida de esta *Anna Maria Zieglerin* es deliciosamente perversa. Como con todo lo demás, el coronel guarda su método a la hora de escribir vidas ajenas. Empieza por lo mínimo: la fecha de nacimiento. Un simple número: 1550. Le encanta sentir esa lejanía temporal que lo transporta a un territorio vago donde todo es posible y, sin embargo, donde todo es simultáneamente objetivo. La belleza de poder decir: el 6 de enero de 1550 el capitán Hernando de Santana funda la ciudad de Valledupar en lo que es actualmente el territorio de Colombia. Para inmediatamente decir: catorce años más tarde, Anna Maria Zieglerin pierde la virginidad que hasta ese entonces había servido como bandera de su supuesta pureza divina. El coronel mira lo escrito y se dice para sí: belleza objetiva y vaga. Entonces el resto es sencillo: dejarse enredar en la historia hasta ya no poder salir, dejar que los hilos se sugieran hasta sentir la tentación autobiográfica. El coronel persigue la curiosidad con una precisión matemática.

Decir por ejemplo: el 6 de marzo de 1550, mientras un joven y desconocido Nostradamus pone el punto final a su primer almanaque, dos perros callejeros batallan por un pedazo de pan en una callejuela de Granada.

El placer de las fechas.

Decir ermitaño no significa, por ende, decir sufrimiento. Veinte años en las montañas le han enseñado los menudos pero rotundos placeres del vivir. Por eso en esta media mañana, con la neblina ya difusa y el paisaje aclarándose, el coronel detiene su trabajo aun cuando realmente no ha

19

puesto más que una fecha. Aspira la verdura de un ocio exquisito a la hora de tomar en mano la primera de las golosinas: una sabrosa y dulzona torrija que no tarda en engullir. Le siguen un manjar de frutillas azucaradas y más café, esta vez con leche. El coronel peca de goloso. Pero la gula es aquí bienvenida. Por eso no hay que desesperar cuando lo vemos tomarse su tiempo comiendo. Los que lo conocemos, los que lo vemos de cerca todos los días, respetamos sus ritos. Solitario pero delicioso banquete medieval para este rey olvidado. Pero el coronel no cree en reyes.

Habría que hacer una pausa y finalmente mirar ese expediente suyo que tenemos aquí a la mano. Para algunos contar la biografía de este extraño anacoreta sería cuestión de sumergirse en su archivo estatal y rescatar los datos pertinentes. No para él. Por eso batalla día a día con esa autobiografía ajena que de a poco se le extiende indomable, amenazando con volverse infinita. El coronel nos corregiría: no es amenaza sino más bien goce. La belleza de una vida que recorre la historia de un siglo y desde ahí explota hacia todas partes. Pero hay puntos densos, datos que bastaría corroborar pues serían buenas anécdotas. Si nos sumergimos en el archivo y lo leemos de tapa a tapa las vemos surgir con espontaneidad. Aquí hay una: se dice que el padre del coronel, un tal Vladímir Vostokov, hombre de barba extensa y buen trago, lector de Proudhon y anarquista puro, decidió partir a principios de la década de los veinte a México en busca de asilo político. Basta decir que era confesado enemigo de Trotski. Su proyecto era otro. Fundar una comuna anarquista en Chalco, a los pies del volcán Iztaccíhuatl. Allí, en medio de las lluvias de verano, nació, con la llegada de la nueva década, el pequeño ana-coreta. Al coronel, sin embargo, esto no le importa.

No le importa porque hoy lo que toca es narrar la vida y obra de la primera diva alquímica: Anna Maria Zieglerin. Le gustan las campanitas que resuenan con el nombre. Le gusta aún más imaginarla pura y nuda en ese nacimiento tan raro. Y es que la pobre diva nos nació sietemesina. En la ligera mañana, el coronel repite el nombre y la historia nuevamente: Anna Maria Zieglerin nació sietemesina. Pero entonces se atasca, porque los datos que empieza a encontrar le parecen morbosos. Y es que este nacimiento nos viene con textura extraña: se dice que la sietemesina sobrevivió los primeros meses de su vida envuelta en una peculiar sábana de piel. No sabe cómo decirlo pero lo dice: de pieles humanas. En la profunda mañana, el dato suena atroz pero verídico. En fin: dato de diva. Así que se limita a afirmar: Anna Maria Zieglerin nació vestida en pieles.

Ni siquiera este dato horripilante es capaz de mantenerlo concentrado. Este goloso ermitaño nos salió distraído. Basta mirarlo de cerca para verlo nuevamente sentado so-bre esa calma magistral y un tanto patética, con la mirada perdida y la fina pluma sobre el papel. No escribe. El co-ronel, en su infancia más avanzada, con esos rizos canosos que piden pequeños abrazos, se limita a esbozar garabatos. Pequeños monigotes saltarines, muñequillos medievales, *doodles* de curvitas aleatorias. El coronel ya no estudia cur-vas. Se limita a esbozarlas en sus contornos más infantiles. La matemática le llega en rumores juguetones. Ahora que

21

lo vemos tomar en mano una nueva golosina, una pequeña galletita endulzada, comprendemos finalmente algo: al
coronel le quedará poco tiempo, pero él no lo sabe. Por
eso se limita a esbozar estos garabatos juguetones que sin
embargo tampoco quedarán fuera de su legado. Y es que
la vida y obra de nuestro querido anacoreta está a la espera
de una última revisión. Alguien se encargará de la maca-
bra labor de indagar los rincones de este hogar mohoso en
busca de la última obra: un esbozo matemático de un proyecto invisible. Luego serán los congresos y una especie de
matemática vuelta mística, la labor póstuma de un grupo
de profesores vueltos secta talmúdica. El coronel esbozará
entonces su última risa.

Decir por ejemplo: El 19 de septiembre de 1566, mientras
en un pequeño cuarto –demasiado perfumado– muere
Nikolaus von Hamdorff, miles de *cortigianas* inundan las
calles de Roma en una despedida triunfal.
     El placer de los datos.

Su pasión será discreta pero es puntual: la vemos surgir
por momentos, escondida detrás de un gesto, saltarina
pero breve, para luego retraerse cual delfín en alta mar.
Discreta pero puntual como la muerte de un alemán en
una recámara bien perfumada. Y es que este Nikolaus von
Hamdorff, varón no tan digno de dicho nombre, se nos
presenta como el primer marido de la desafortunada diva.
A los catorce años, la diva de las pieles, Anna Maria Zieglerin, ve su pureza tañida por un temblor repentino. El
producto: un niño que, como en el mejor de los relatos
bíblicos, se vuelve leve hasta más no poder. En una tarde

de agosto, el niño desaparece detrás de los contornos de su propio padre. La diva vuelve a estar sola, aunque no por mucho. No. Como buena diva, la condesa alquímica nunca está sola. El coronel lo sabe, por eso se limita a esbozar un nombre y una fecha: Heinrich Schombach, 1566. Al lado, entre los garabatos marginales, en letra diminuta, añade un título: comodín de corte. No le gustarán los reyes ni las cortes, las aristocracias ni los títulos, pero a este coronel la corte lo persigue hasta el fin del mundo.

A veces nos asaltan los placeres del archivo. Abrimos el expediente: releemos las notas, observamos las fotografías, examinamos las cartas y creemos saberlo todo sobre este ermitaño anacrónico. Lo seguimos en esos decisivos y lentos pasos con los que recorre su casa en toga crema como si se tratase de un monasterio budista vuelto corte marcial. De repente todo se mezcla: el activista militante con el noble matemático, el esotérico monje con el perfumado aristócrata. Entonces nos acercamos hasta la molestia, hasta la irritación, hasta ver sus labios suspendidos en un aura de levedad, murmurando palabras en lengua incierta. Barbarismos, diría el griego. *¿Deutsch, English, Español, Rossiya?* No. Si nos acercamos todavía más, si cerramos los ojos y prestamos buen oído, veremos que el coronel murmura en francés. Y en esa lengua que podría ser todas pero que es claramente francés, la casa en los Pirineos es meramente una sencilla casa mohosa que sin embargo podría bien ser asilo de ancianos, manicomio o corte real, monasterio y aula. En la blanca mañana de invierno el balbuceo pálido nos regresa la voz de un hombre cansado.

El perfumado monje afronta el poco tiempo que le queda con un sencillo y humilde cansancio matutino:

—*Vers dix heures du matin, je suis fatigué.*

Por eso bebe café y más café. La cafeína es uno de los síntomas discretos de esa pasión que late detrás de un cansancio largo y flaco. Herencia francesa de montañas blancas. Nació en un siglo encafeinado. Su errante genealogía está ahí para demostrarlo. El 12 de agosto de 1936, su padre, Vladímir Vostokov, nadando a contracorriente, decide volver a cruzar el Atlántico para juntarse al bando republicano. La guerra civil española es el epicentro político del globo y nuestro ya olvidado *pater* anarquista es una especie de político global *avant la lettre*. Su lema: anarquía es orden. Un pequeño coronel de apenas doce años persigue a sus padres con paso incierto. Dos semanas más tarde, el coronel se encuentra por primera vez en el campo de batalla. La bella San Sebastián Donostia los recibe con un paisaje de macabro entusiasmo: cientos de Junkers alemanes convierten la ciudad en una fiesta explosiva. El coronel llora pero su llanto es mudo. Nació en un siglo encafeinado pero el llanto se le da mal. Su madre, una belleza rubia de ojos rasgados, lo consuela con nanas rusas que el niño sin embargo no entiende. Dos semanas más tarde, una granada borra las nanas y condena a la madre al llanto: Vostokov ha muerto. En las noches inciertas de un invierno castizo, el coronel se dedica a tomar café para soportar el insomnio. Su madre lo consuela en un idioma que no entiende. Por eso ahora que lo vemos murmurando en francés con el café en mano, sonreímos con ternura y lo entendemos un poco.

Pero el coronel no quiere que lo entiendan. Su deseo es más simple: quiere que lo olviden. Por eso apuesta por este proyecto de vidas ajenas, especie de amnesia autobiográfica. Con la tenacidad de una hormiga en celo, se empeña en volverse impersonal, en volverse factual como una piedra, como un dato, como una entrada enciclopédica. La última carta que le envió a su colega Maximiliano Cienfuegos, mulato de nombre azul aunque tal vez no de sangre, se lee como una especie de *contratestamento:* no dejar nada, ni siquiera un nombre. El coronel quiere borrar toda herencia. Por eso le ha pedido a Cienfuegos que impida toda publicación de su obra matemática, que vede el acceso a los documentos, que se asegure de que la muerte lo encuentre leve. De eso hace ya diez años, pero todo sigue igual. Sólo que ya no envía cartas. Ahora el silencio es blanco como estas montañas que lo rodean, como este silencio afrancesado sobre el cual lo vemos ahora balbucear nuevamente, entregado como está a una grandiosa pero invisible obra. El problema es que si nos ubicamos bien, en ángulo preciso, lo vemos claramente en esta su laboriosa faena.

Decir por ejemplo: mientras en México un puñado de hombres esboza una de las primeras sublevaciones de escala transatlántica, Anna Maria Zieglerin sufre el segundo de los infortunios que eventualmente la llevarán a la hoguera. En Wolfenbüttel, Heinrich Schombach corre despavorido por calles adoquinadas, al presenciar la titánica y atroz lucha entre una mosca y un mosquito.

El placer de la agudeza absurda.

Precisamente una mosca de fuego es la que viene a revolotear ahora sobre el café del coronel. Extraña presencia en medio de estos higiénicos y blancos Pirineos, la mosca es el primer presagio de que aquí algo ya huele a carroña. Dicho de otro modo: en medio del paisaje mítico, la mosca es signo de profecía y augurio. Al coronel le encantaría esbozar las consecuencias de esta alocada intuición si no fuese porque la mosca lo ha volcado sobre sí mismo en un nudo serial de torpezas que ha acabado por convertirlo en un verdadero lío. Si nos alejamos un poco, creeríamos que el pobre viejo, finalmente entregado a su locura, batalla con espíritus invisibles. La verdad no estaría lejos. Y sin embargo, visto desde más cerca, lo vemos al pobre en su épica batalla con esa mosca que se niega a volverse espíritu. Habría que decir: bello nombre el de la mosca. Bello cuerpo también. Y es que esta mosca de fuego es realmente bella, un insecto del mismísimo color del cielo, una mosca paradójica que mira hacia arriba y no hacia abajo, hacia las nubes y no hacia la boñiga, un verdadero ejemplar de aquella aristocrática *Chrysis cyanea* que primero observó Lineo. Pero si volvemos sobre la escena y nos cambiamos los lentes vemos que la mosca simplemente revolotea en crisis: presagio de que aquí queda poco tiempo. Enredado con su propia aura, torpe y confuso, el coronel batalla con esta diminuta partícula que parece trazar curvas arbitrarias sobre un espacio vacío. Torpeza y nudos: el coronel parece esbozar una danza ritual.

¿Cuál es el límite de lo privado? ¿Qué vigilante está aquí para decirnos cuándo habría que parar, trazar una línea, no acercarse más y respetar un poco? Imagino que en un punto, de tanto acercarse, dejaremos de verlo y sólo quedarán los pixeles de la tela de fondo, la atmósfera sin trama.

El placer del intruso.

Intruso se debió haber sentido nuestro apreciado comodín de corte el día que Anna Maria Zieglerin primero puso ojos sobre la piedra filosofal de Philipp Sömmering. Al pobre no le quedó otra que aceptar finalmente su apodo como si se tratase de la carga de un destino: *Enriquillo el Bizco*. La magia alquímica de Philipp Sömmering no tembló al ver frente a sí aquella encarnación del estrabismo que era Heinrich Schombach. La diva de las pieles fue veloz en marcar el camino: la pareja seguiría al alquimista hasta las cortes del duque Julio de Braunschweig-Wolfenbüttel. El coronel sonríe: sabe que la historia finalmente ha comenzado. Finalmente liberado de la mosca de fuego, la mañana lo regresa a su amabilidad habitual. Sentado sobre su calma, se limita a esbozar con cautela ese preciso y fundamental primer momento de contacto entre la diva y la alquimia. Le gustan los orígenes si no son los suyos, esa anatomía de un instante que le regala toda una historia. Por eso ahora se vuelve a arrojar sobre este primer momento con esa pasión infantil que sin embargo se nos vuelve a escapar. Somos lentos. Cuando volvemos a mirar, encontramos a la diva de las pieles en media empresa, parte de una conspiración de seis manos para engañar al crédulo duque. El duque de Wolfenbüttel no lo sabe pero la verdadera piedra filosofal no es una extraña sustancia esotérica sino precisamente esas monedas a partir de las cuales el trío –Zieglerin, Sömmering, Schombach– construye un tejido de vidas paralelas. Y es que la alquimia, como el coronel bien sabe, es una economía de la ganancia que sin embargo se empeña en narrar historias atroces. Mientras el dinero traza su cartografía alocada sobre un terreno monárquico, la corte alemana se enfada tejiendo un triángulo rojo.

Como no ha de extrañar, el coronel colecciona citas como si se tratase de muñecas rusas. Citas que llevan a otras citas, diccionario de una memoria alucinante. Inmerso como está en esta historia de divas y alquimia, recuerda una cita de Paracelso, aquel alquimista alocado que creyó reconocer en las salamandras a las hadas del fuego. Haciendo un espacio entre los garabatos, transcribe la cita, primero en alemán y luego en su infiel reproducción castellana: «*Alle Ding' sind Gift, und nichts ohn' Gift; allein die Dosis macht, daß ein Ding kein Gift ist.*» «*Todo es veneno y nada está sin veneno; sólo la dosis permite que algo no sea venenoso.*» Precepto de estoicismo y moderación, o bien clave homeopática para la cura. El coronel prefiere la interpretación homeopática. Por eso, en su desesperada batalla por el anonimato, parece inyectarse enormes dosis de memoria histórica.

El placer del veneno sano.

Cafeína para el café: un siglo encafeinado se harta de café para soportar las largas noches. Esta lógica homeopática nos regresa a la historia de su infancia. Cual alcohólicos en busca de ese último trago, regresamos con las manos temblorosas a esta historia de guerras. Y así nos encontramos con un pequeño coronel, de pelo lacio y manos chicas, que parece vagar por una intempestiva historia que le es ajena. No ha llegado a los trece y ya la historia le pide consolar a una madre que se empeña en llevar el luto en un idioma que él no entiende. Pronto odiará ese idioma con el odio acumulado de los sordos, con la frustración de aquel que comprende poco. Si se lo preguntáramos ahora no sabría cómo contestar: se limitaría a decir que la decisión de cruzar la frontera fue una mera arbitrariedad histórica, el impulso arrogante de un niño rebelde. Pero, mirando atrás, podríamos proyectar una causa. El joven que cruzó la frontera en aquella primavera de verde luto lo hizo con una idea fija en mente: escapar de aquella lengua maldita que lo rodeaba por todas partes. Volverse huérfano. Basta de conjeturas: el coronel ha prohibido la especulación matemática. Lo cierto es que en el verano de 1940, lo vemos cumpliendo años en pleno París ocupado, con esa seriedad monástica que todavía hoy guarda, hablando francés como si ésta hubiese sido su lengua materna. Al otro lado de los Pirineos el ruso quedaba rezagado en un paisaje de ruinas. Nos limitamos a afirmar: Napoleón cruzó los Alpes, nuestro coronel los Pirineos.

Una manía siempre es más visible si se dibuja sobre fondo blanco. Y el coronel tiene muchas manías. Tal vez por eso lo encontramos sentado ante el blanco escenario de los Pirineos, esbozando siluetas mínimas pero aparentes, especie de mimo en función privada. Por eso es que al coronel hay que mimarlo: acercarse con cuidado y verlo en sus tareas mínimas, observarlo cautelosamente y anotar sus menudos placeres, aplaudirle esta su última pantomima. No hace falta subrayarlo: aquí queda poco tiempo. Y aun así somos lentos. El aristocrático gusto de tomarse el tiempo para atestiguar sobre lo intrascendente. Así vemos surgir, tranquila y calladamente, sus manías en una deliciosa cadena firmada por la ternura. Como ahora que sin saberlo se ha puesto a trazar simbolitos sobre el papel, trazados rápidos pero idénticos. De lejos creeríamos que se trata de pequeñas espirales, *escargots* maniáticos, perversas y arbitrarias curvas. Si miramos más de cerca, reconocemos el símbolo: se trata de la *A* circulada del anarquismo. El distraído coronel se dedica a rellenar la blanca página con decenas de simbolitos anarquistas.

Durante el verano de 1614, un joven Stephan Michelspacher –influenciado por las vertientes cabalísticas de la alquimia– se dedica a trazar un monograma para su libro *Spiegel der Kunst und Natur*. Dos círculos marcados por las letras alfa y omega: verdadero *Espejo del Arte y la Naturaleza*. Dos siglos más tarde, en 1868, el masón Giuseppe Fanelli retoma el símbolo como parte de la agenda de la Asociación Internacional de Trabajadores Españoles. En plena guerra civil un valiente miliciano anarquista recorre los campos de batalla con un casco que lleva la insignia anarquista.

El placer de la profecía.

Y es que la historia también tiene sus tics nerviosos: pequeños detalles demasiado obvios como para ser registrados, gestos ansiosos que se repiten una y otra vez sin que la historia misma se dé cuenta. Aquí hay uno: cada vez que Anna Maria Zieglerin toma una moneda en mano, guiña nerviosamente el ojo derecho. Ansiosa, la época brinca estática. Nadie menos ella sabe a quién le dirige este guiño imaginario. Y es que por esos años de conspiración y alquimia Anna Maria Zieglerin, como si dos no fueran suficientes, añade un hombre a su inventario: bajo el título de conde aparece un nuevo amante que según asegura la diva de las pieles es el mismísimo hijo del afamado Paracelso. Gran cirugía histórica: a los veintiún años, nuestra precoz usurera les practica una gran cirugía a los datos históricos, promoviendo así su lugar dentro del panteón de la alquimia. Leyendo sus últimos descubrimientos, el coronel ríe y su flaca risa se alarga hasta inundar el paisaje. Pinceladas orientales. Al coronel no le importa el dinero pero sí sus siluetas. Por eso le gusta la plasticidad de esta historia que ahora retoma su alegría y su rapidez mediante la inesperada adición de este personaje catalítico. En la mañana plácida las carcajadas del coronel resuenan con entusiasmo cómplice: el conde Carl *es* el conde y ya está, suficiente como para desatar un cataclismo en plena corte.

La historia tendrá sus tics, escalofríos sobre su frágil tendido eléctrico. Nuestra misión: salvarla de los psiquiatras y de sus pastillas, dejarla recorrer las calles temblorosa e idiosincrática, expuesta a la vista de otra historia que la mira con desprecio. A veces el coronel tiembla repentinamente y la mañana vuelve a ser la misma, pero con más energía, con un conde de por medio y un sol que amenaza con llegar a su cénit. Es en esos momentos cuando este calvo aristócrata siente los primeros tentáculos de una somnolencia que lo arropa. En plena mañana, con el sol sintiéndose finalmente pleno, el coronel bosteza cansado.

A veces, cuando bosteza, pareciese como si quisiera tragarse al mundo: detrás de su cansancio se intuye una última voracidad cansada, un deseo de regresarlo todo a su sencillo y diminuto origen de acaramelada nuez. Bebe café, recuerda el hambre de sus primeros días franceses y se dedica a esbozar más simbolitos anarquistas. Pequeño tributo cómico a su padre caído en guerra: en media mañana el coronel se dedica a alzar un pequeño mausoleo a esa bandera negra que lo vio nacer en Chalco. En plenos Pirineos Orientales, se dedica a esbozar distraídamente el signo de aquella visión utópica con la que, sobre las accidentadas proximidades del volcán Iztaccíhuatl, Vostokov alzó la bandera negra del anarquismo. Pero a él le interesa más la historia del color que la historia política. Por eso, si buscáramos entre esas gavetas que guardan carpetas repletas de tesoros inesperados, encontraríamos –bajo un nombre desconocido– una entrada sobre la teoría del color:

Mary Gartside (1765-1809) – acuarelista inglesa cuya obra *Natural System of Colours,* publicada en 1766 bajo el disfraz de un manual de pintura, esboza una teoría del color que se inserta en lo que si no sería una tradición masculina: Gartside, partiendo del blanco, construye la paleta de colores en lo que no deja de parecernos un acto de magia. Más aún, su texto es de gran importancia para esa otra tradición del color que fue descartada debido al odioso éxito de Newton. Gartside junto a Goethe, quien imaginó el color como un juego entre dos polos y un medio turbio: el blanco y el negro jugando incesantemente a los dados sobre un aire sucio. (Nota: Habría que escribir una historia de esta otra tradición, igual de importante que la del espectro, pero partiendo de Gartside y no de Goethe. Cambiar el origen y el género: ver los dominós caer en cascada.) En 1781, exhibió sus pinturas –naturalmente de flores– en la Real Academia de Londres.

A veces se le escapa la voz. Vemos surgir entonces los juegos de estilo en media entrada enciclopédica, los juicios personales y las opiniones, pequeñas notas para un porvenir que de a poco se le cierra. Notas para un futuro póstumo. A veces se le escapa la voz como se le escapan los bostezos: con una amnesia juguetona que sin embargo guarda la furia final de un hombre cansado. Sí: su pasión es una pasión cansada pero pasión aún, algo parecido a esa furia final de las estrellas que acaba por convertirlas en agujeros negros, *black holes* sobre los cuales se concentra la historia de los colores cósmicos. Tal vez es ésa la intención del coronel: proponerle a la historia un agujero negro dentro del cual comprimirse y desaparecer. Un instante puntual sobre el cual quedarse dormido.

A pleno mediodía el coronel duerme. Y dentro de su sueño las fechas se mezclan y se confunden hasta volverse leves e intercambiables, flotadores sobre el mar muerto de un largo atardecer de verano. En pleno mediodía, la blanca mañana se ve interrumpida por los sonoros ronquidos de un hombre cansado.

El placer del sueño.

Duerme ahora por todas las noches en las que no durmió: su travesía por las montañas blancas no fue tan glamorosa como aquella que trazó Napoleón sobre un lienzo neoclásico. No sabemos mucho de esa travesía que lo acaba depositando sobre un París ocupado pero sí sabemos algo: las noches eran largas, el frío mortal y su cuerpo diminuto. Será por eso que en las noches frías lo vemos balbucear diálogos terribles, miedos nocturnos que remiten a un pasado desconocido. Agujeros negros en el archivo: zonas biográficas que no podemos ver. Tal vez por eso nos limitamos a ser espectadores de esta su pantomima privada, su vida en espectáculo. Bastaría entonces limitarnos a lo objetivo: en el verano de 1940, en pleno solsticio, lo vemos felizmente cumpliendo años en medio del París ocupado. Lamentablemente hay un detalle que él no sabe o cuya importancia desconoce: nuestro pequeño coronel, el de pelo lacio y manos chicas, es de origen judío. Silencio: de tanto hablar de su vida, este rumor autobiográfico ha terminado por despertarlo.

Ésta no es mañana de luto. *Amarillo, azul, verde:* la mañana a ciegas le devuelve los colores uno por uno. Y es que, con un gesto todavía de somnolencia, el coronel se ha quitado los lentes al despertarse, esos lentes anacrónicamente redondos y espesos, hasta quedar a vista desnuda frente a un paisaje borroso. Sin lentes parece un poco más viejo, un poco más cansado y real, con esas ojeras infladas que parecen pequeñas bolsitas de té verde. En fin: menos caricaturesco y más real. Básicamente ciego, su ceguera no es sin embargo una noche oscura sino una paleta difusa: en su ceguera conserva ciertas tonalidades, el azul y el verde, un fondo de ruido amarillo que no lo abandonará nunca. Luego, más tarde, llega un rumor blanco que empieza a ganar fuerza hasta convertirse en una suerte de neblina total. Con un gesto repetido, se dedica a limpiar con tres dedos sus lentes una y otra vez. Recuerda una tarde lejana: un hombre que lavaba obsesivamente los vasos en un bar vacío. Pobre diablo melodramático, piensa. No le gustan los ambientes saturados, por eso ahora vuelve a ponerse los lentes, para escapar de esa ruidosa neblina blanca. Y de pronto el mundo vuelve a coincidir consigo mismo en un paisaje de postal: el sol a medio andar, las montañas nevadas, el pasto con caballos, el placentero lago. *Amarillo, blanco, verde, azul:* la elástica paleta de colores le regala una postal *kitsch*. En el rostro del tierno anacoreta observamos sin embargo una serenidad incomparable, una complacencia y una pasión, un regodearse de tanta belleza. Vuelta la visión, vuelta la alegría. Se dice para sí: habría que esbozar un mapa, una cartografía de las zonas pálidas. No sabe que desde un punto privilegiado nosotros lo observamos en una especie de cartografía biográfica que es la copia perversa copia de ese proyecto al que ahora regresa. Sobre el papel encuentra el esbozo de una historia fantástica de nobleza titular. Impaciente, se adelanta un poco al escribir: en esta historia habrá tres muertes.

Bastaría hacer un estimado grosero para saber que en el año 1574, sólo en América, mueren cerca de dos millones de indígenas. Las cabalgatas de los herederos de Cortés tienen sus invisibles pero fijos censos. Y, sin embargo, al coronel le interesa la muerte ficticia de tres europeos en plena corte alemana.

El placer de lo preciso.

Hay alguien que sin embargo no puede morir: el conde. No puede morir por la sencilla razón de que no existe. La diva de las pieles, envuelta en su delirio alquímico, le ha dado un rostro y una voz, una genealogía y un destino, pero aun así el conde recorre esta historia como una mera alucinación fantasmal. En Wolfenbüttel se habla de él, este desconocido hijo de Paracelso, agente catalítico en una historia de por sí veloz. Y es que a fin de cuentas ésta es una historia química, o por ser anacrónicos, alquímica. Fantástica historia de nobleza titular sobre la cual podemos ahora ver al pobre *Enriquillo el Bizco*, nuestro comodín de corte, cada vez más nervioso, a sabiendas de que el fin de esta conspiración alquímica se encuentra cerca, mucho más cerca que la piedra filosofal que ha pedido la corte. Con el calor de la hoguera cerca, Anna Maria Zieglerin no se detiene. Muy por el contrario, es en ese momento cuando la vemos acelerar el paso, introducir al conde, empezar un amorío ficticio como si los reales no fuesen suficientes. Debe haber sido entonces cuando el propio Philipp Sömmering le habrá confiado sus temores, su plan de escape, sus pesadillas nocturnas. Habrá sido en ese instante cuando la diva de las pieles haya esbozado su ultimátum: si se van, nos quedamos el conde y yo, asegurándonos de que ustedes terminen en la hoguera por cobardes. La joven Zieglerin de apenas veintitrés años, esa niña que había nacido sietemesina y que de acuerdo con su precoz nacimiento había vivido demasiado rápido, con perversidad astuta. A pesar de sus veintitrés años la joven diva de las pieles tiene un rostro maduro, sobre el cual se dibuja la voluntad de un conocimiento secreto. Y es con ese mismo rostro con el que ahora se atreve a esbozar una verdad irrefutable: el rey no se atreverá a ejecutar a un hombre ficticio.

Pero la falsa piedad de los reyes siempre sabe más: sabe, por ejemplo, que ese niño de diez años, pelo lacio y pequeñas manos, es judío. Ignorando su destino, el coronel ha cruzado las montañas hacia una tierra ocupada, hacia una tierra perseguida, con la sensación de que la travesía lo exime de su herencia. Francia será su gloria final pero también su complicado origen. En 1940, un documento estatal lo posiciona en París bajo la clara designación: *juif.* El archivo sabe más: sabe que la madre aún no nombrada, Chana Abramov, nació en el seno de una familia jasídica. Envuelta entre rumores de yiddish y ruso, rodeada por hombres de aterciopelados sombreros negros, Chana crece como crece la Soyúz Soviétskij Sotsialistíchieskij Respúblik –por decirlo planamente, la Unión Soviética– bajo esa extraña atmósfera entrópica de los años posteriores a la Revolución de Octubre. Crece pensando en un afuera, mirando las nubes como última escapatoria, mirando el suelo como condena histórica hasta ese largo día de verano en el que un joven anarquista la ayuda a trazar las líneas de una fuga posible. México: el nombre suena tan extraño a sus oídos, acostumbrados a sílabas toscas, tan liviano y lejano, que decide partir. En una de las eternas noches del invierno soviético, besa a su madre y escapa hacia un país que no conoce pero del que ya lo imagina todo. Una ligera lluvia de enero la recibe en un ambiente en plena ebullición. Las arenas movedizas de una historia en proceso la confunden: dos revoluciones y dos vacíos. Cansada, se sienta a mirar un horizonte que no es el mismo aunque lo parezca. El pequeño niño que cruza los Pirineos sabe todo esto sin saberlo pero esta su sabia ignorancia no es piedad suficiente.

En una de las pequeñas gavetas, inquieta entre cartapacios repletos de vidas ajenas, una fotografía guarda la prueba de que la inocencia del coronel no es del todo inocente. En la fotografía se muestra a un grupo de actores posando para una cámara. Por las apariencias –las barbas, los atuendos y los sombreros– sabemos que nos hallamos ante un grupo de judíos jasídicos. Si la volteamos encontramos, en pequeña letra ya casi difusa, una inscripción que traducida parece decir: *Habimah, 1922*. Terminan por componer la imagen un espejo de pie, una larga manta blanca sobre un largo ataúd y lo que parece ser una novia en pena. Si indagáramos más, descubriríamos que se trata de la primera producción de la obra *El Dibuk*, en la que el alma en pena de un pretendiente visita a la novia en el día de su desafortunada boda. Si supiéramos todavía más entenderíamos que ese pequeño rostro redondo que muestra a la novia en luto es en sí el de Chana Abramov. Lamentablemente, nuestro conocimiento es muy pobre: al coronel lo vemos en un primer plano muy limitado, una suerte de pantalla cinematográfica que sin embargo a veces muestra sus costados densos, fotografía de extraño espesor. Como el mundo de los espíritus, nuestra realidad tiene una geometría extraña. Digámoslo así: el coronel habita un mundo entre dos y tres dimensiones.

Jasid: proveniente del hebreo significando «piadoso», derivada de la raíz חסד («bondad» o «piedad»). Relativa a la palabra *jasidut:* תודיסח, «práctica de la piedad y la bondad». Piadosa tradición muy distinta de aquella de la *pietas* que imaginaron los romanos. No: el coronel no es romano. Es una especie de ocioso talmudista, piadoso rabino que recupera una historia subterránea pero precisa. Irónico talmudista que se dedica a releer el reverso de la historia oficial. Y así, en este mediodía de postal, sentado frente a este paisaje demasiado perfecto, el asceta parece habitar una casa de retiro con sillas mirando al sol. De momento el asunto queda claro: este proyecto es la última de sus bondades. Su afán es sencillo: salvar de la hoguera a sus queridos conspiradores. En un gesto que copia al nuestro, este inesperado rabino se dedica a buscar salidas para esta historia que de a punto se le cierra, callejón sin salida ni escapatoria, aun cuando pone en juego su última carta. Ya no un comodín bizco y ni siquiera un apuesto alquimista sino un conde imaginario y alquímico a través del cual se mueven las pasiones de un triángulo amoroso.

Se nos podría acusar de invasión en la privacidad, de ser molestosos e irritantes. En fin: de estar posicionados demasiado cerca. Nuestra culpa sería irrefutable. Y sin embargo el juicio bien podría ser por el crimen opuesto: estar demasiado lejos, ser fríos y objetivos. Nuestra culpa sería igualmente irrefutable. Se trataría de esbozar una simple imagen caricaturesca: un hombre de enorme nariz que a pesar de la distancia parece oler la realidad desde una sorprendente y terrible cercanía.

El placer de la nariz precisa.

El coronel, sin embargo, tiene una nariz muy pequeña. Ahora que se ha quitado los lentes parece acercar el papel hasta más no poder, sin que por esto su nariz tropiece con la superficie de la página y sin molestar a sus vecinos. Este coronel es un hombre recatado. Y así, con cierto recato y cierta modestia, se resigna a escribir las últimas páginas de una historia cuyo final ya comienza a vislumbrar. Con un rostro severo, se prepara para esbozar un último adiós a esta diva de las pieles que le ha alegrado una mañana de invierno. Por un instante imagina la tarde sin diva, sin alquimia y sin condes: insoportable tener que afrontar la tarde vacía, el ocio puro, la vida a solas. En la corte, sin embargo, las monedas han parado de fluir. Primero una noble carta, seguida por un ultimátum y luego el arresto: Anna Maria Zieglerin, encerrada en una celda, siente por primera vez la inminencia de un final. Sabe que su única posibilidad es volver tangible la figura del conde. Verdadero e imposible acto de alquimia. Solitaria, mira la celda y comprende que la realidad de repente se le vuelve dura y estéril, historia moderna e impía. Aquí ya no hay más alquimia ni metamorfosis: la situación es una piedra imposible de tallar. El juicio se les viene encima con la fuerza de lo real. Tres cargos los llevan a corte en el otoño de 1574: se los acusa de haber asesinado a un mensajero real, de haber intentado envenenar a la duquesa Hedwig y de haber robado material perteneciente a una de las recámaras del duque. En las calles, sin embargo, los cargos son distintos: el público los acusa de herejía, de amoríos, de esotéricas vidas. ¿De qué los acusa el coronel? Tal vez de dejarlo solo a media mañana, con medio día por delante, cuando apenas empieza a apretar el hambre nuevamente y la siesta no parece una opción inmediata.

A media mañana, cuando la historia parecía llegar a su final, el goloso ermitaño sufre un hambre atroz. La vida siempre se le atraviesa en los momentos más impropios, como ahora que la lógica le pide que termine una historia, que narre un final y que ponga un punto, pero el vicioso estómago lo detiene a medio gesto. Sí, se dice el coronel, la vida es algo un poco molesto, algo inapropiado e inconexo, extraña batalla entre el hambre y la saciedad. De sus primeros años franceses guarda ciertas memorias de un hambre atroz, acompañadas por las primeras interacciones con ese idioma que ahora considera el suyo: la imagen de un comedor donde centenares de niños parecían comer en una suerte de alimentación en serie, la nostalgia de sus años mexicanos. Encrucijada de un estómago ansioso. Recuerda también, de aquellos años de guerra, la forma en que su mente visualizaba lo que era el hambre: una especie de nudo no muy distinto de aquellos que vio durante su primer viaje transatlántico. Más tarde pensaría que el hambre lo llevó a las matemáticas. Alimentarse era, en cierta manera, encontrar la forma de desatar el nudo. De sus noches insomnes recuerda una estrategia para engañar al hambre: consistía en imaginar el hambre como un nudo y luego concentrar las energías en desatarlo a toda costa. En esos años a veces el juego tomaba un placer propio, el simple placer de la tortura y del triunfo. De eso hace tanto que ya parece haberlo olvidado, entregado como está a pensar el hambre como hambre. Ahora que el estómago vuelve a rugir con juicio propio, nuestro coronel detiene su reflexión y se pregunta si la mañana de su ejecución a Anna Maria Zieglerin le fue ofrecida una última cena.

El hambre, algo parecido a un nudo como éste: la imposible tarea de imaginar a esta diva caminando por las calles de un México colonial. Anna Maria Zieglerin en plena conquista, cautivando amores por las recién pavimentadas calles del nuevo continente, primera diva en este continente que siglos más tarde imaginará –bajo el nombre de *Hollywood*– una máquina exquisita para producirlas en serie. El hambre algo parecido a un nudo como éste: la alquimia en América, allí donde no era necesaria, pues detrás de un nombre como *Cipango* se hallaba el oro real y duro.

El placer de los nudos.

Hay que entregarse a las interrupciones. Seguirlas a paso corto hasta llegar al comienzo de ese nuevo camino que parecen marcar. Por eso ahora que le seguimos los pasos a este coronel hambriento llegamos finalmente a una sala de estilo neoclásico, sobre la cual se extiende una mesa de madera reluciente. Sobre este su comedor aristocrático el coronel observa con aprobación lo que constituye un verdadero banquete medieval: la serie de platos repletos, el almuerzo que parece estar a la espera de un batallón de invisibles invitados, los cubiertos relucientes. Patas de pavo, costillitas de cerdo, crujientes rodajas de pan, ensalada rusa, leche fresca. La disciplina de este piadoso ermitaño es muy distinta de aquella que llevó a *Simón del desierto* a un estado de flacura metafísica. Sin saber de dónde ha venido, sabemos algo: aquí hay un banquete para diez personas. Pero el coronel está solo. Lo vemos sentarse en la enorme mesa, atarse la servilleta en la nuca cual niño en primaria y tomar la primera pata de pavo. En sus ojos vislumbramos un olvido y un adiós, un estado de inmersión y una alegría. Tan pronto se sienta en esa su silla real, lo rodean sus divas. El coronel escribe este alocado almanaque para no estar solo, para gozar de su compañía imaginaria en plenos Pirineos. Y mientras come con pausa, pieza por pieza de un banquete que de a poco se le queda grande, nos preguntamos si amó y fue amado, si las divas conducen, como los mejores nudos, a un romántico y antiguo desenlace.

El último bocado acaba por derrotarlo: el coronel se rinde ante la autoridad de un cansancio goloso. En este mediodía que de a poco parece volverse eterno, con el sol fijo sobre un cielo estático, deja caer los brazos sobre la mesa, a sabiendas de que el día pide más. Somnoliento, su secreto se vuelve más liviano y esquivo, pequeño canario saltarín en plena tarde de lluvia. Y así, con el tedio a cuestas, se aproxima a su escritorio dispuesto a esbozar un final para esta su alquímica historieta de triángulos y conspiraciones, de divas y comodines, de entusiasmos y decepciones. Este hombre estará cansado pero no es ésta excusa suficiente para dejar su historia a medias. Habría que darle café como en sus primeros días españoles, como en sus largas noches de insomnio, alentarlo un poco y aplaudirlo, hasta que de tanta bulla regresara a su liviana labor de notario. Esta vez, sin embargo, no es necesario el café: le basta fumar. En uno de esos clásicos gestos suyos, sobre los cuales se confunden el aristócrata y el obrero, el asceta y el activista, nuestro coronel ha prendido su pipa. Luego se ha acercado al papel hasta más no poder y lo ha imaginado todo en un último afán histórico: el rostro de Anna Maria Zieglerin en plena confesión, la atmósfera que marcó el día de la ejecución, la furia de Philipp Sömmering y las temblorosas manos del comodín de corte. Y así, observa a la historia buscar su final con la misma furia juguetona con la que el fuego busca las cenizas: furiosa sonrisa de Pirene, su fatal aliento y su posteridad calmada. El mediodía, en un último afán de plenitud, resplandece altivo en su relajación blanca.

En una tarde de verano un hombre camina por las adoquinadas calles de Wolfenbüttel: camina desde la corte del duque hasta la biblioteca real –aquella en la cual Leibniz esbozó la silueta de sus mónadas– con una apática y distraída mirada. Y así, con el andar monótono de los fantasmas, logra hacerse espacio entre una multitud que inunda la plaza central. No se percata de que la multitud responde a un coágulo histórico: sobre la plaza, sudorosa sobre la tarde de treinta y cinco grados, la muchedumbre presencia las llamas de una hoguera infinita. Cerca, el rostro de una mujer demasiado joven retrata los fines de una vida en pasión. Frente a la hoguera final la diva de las pieles vuelve a apropiarse de ese nombre que alguna vez fue suyo: Anna Maria Zieglerin. Siglos después, inmerso en un panorama de guerra, el coronel verá retratada en el fuego la pasión de sus teorías.

El placer de lo histórico.

Al coronel hay que inundarlo de circunstancia: ponerlo a dormir sobre un colchón cómodo, proveerle de una realidad amortiguada sobre la cual el peso de su realidad pueda descansar tranquilo. Hay que quitarle la pipa y los anteojos con cautela para que no se despierte, ponerlos sobre la mesa, verlo relajarse sobre el colchón con sus sábanas de algodón egipcio. Hay que hacer silencio y moverse a un lado, dejar que esta atmósfera de montañas blancas guíe sus pasos. Sin embargo, hoy el trabajo es fácil. La puntualidad con que le ha llegado el final de esta historia le ha regalado la tranquilidad necesaria para su cotidiana siesta: todos los días, con el sol en pleno esplendor, el coronel toma una siesta. Es allí donde sus pequeñas postales históricas comienzan su alucinado peregrinaje alquímico: los caprichosos siglos se alternan, los nombres se confunden, la historia se transforma bajo los flujos de un constante temblor. Imposible encontrar el epicentro de esta benigna y necesaria catástrofe. Por eso nos limitamos a verlo dormir, en esa especie de retiro eterno en el que se encuentra, en sus vacaciones solitarias, siempre tratando de imaginar las transformaciones que ocurren en sus sueños. Mientras duerme, la vejez lo envuelve en esa infancia tardía pero precisa que late detrás de los rostros cansados. Basta entonces trazar la espiral de su infantil mirada, seguirle los pasos a nuestra curiosidad, verla desaparecer entre siluetas de humo. Basta decir: en plena mañana un tierno jubilado se dedica a soñar la historia.

Justo cuando parece quedarse dormido, el coronel esboza un sueño en cinco rápidos trazos. Por primera vez cree ver, al final de una callejuela adoquinada, el rostro de la diva de las pieles. El placer del reconocimiento lo fuerza a aproximarse en busca de ese rostro que se le entrega por primera vez, rostro criminal envuelto en una neblina extraña. Siente el pavor del biógrafo a la hora de acercarse a su personaje favorito, a la hora de soñar esta figura que ahora sin embargo se le presenta al final de una callejuela colonial fumando un cigarrillo rubio. En su realidad alquímica, el coronel sueña a una Anna Maria Zieglerin que prende fuego a un cigarrillo sobre un bulevar parisino. Entonces, en una alegría tropical, la chispa lo fuerza a acercarse más hasta que la diva echa a correr y él la persigue por las laberínticas calles de un frío invierno, juguetona carrera entre biógrafo y biografiada que culmina ya no sobre las calles parisinas sino sobre una de esas adoquinadas calles caribeñas que sólo llegó a observar en postales. La carrera le ha devuelto su fantasía bajo un rostro distinto. Y, sin embargo, a la que ve ahora correr no es a la diva

de las pieles sino a una chica de pelo lacio y ojos achinados que recorre los trópicos con una sonrisa húmeda. Se
detiene, confundido, percatándose de que sueña, y la deja
correr por esa calle que de repente se le hace más larga
hasta que el claroscuro se ve eclipsado por la tentación de
una oscuridad total. El sueño alcanza al coronel en pleno
mediodía.

II

El coronel ambiciona tener mil rostros. El expediente se esmera en que sea uno. Ahora que duerme podemos sacar la carpeta del armario en el que la guardamos, quitar la banda azul que protege el expediente y ojearlo ociosamente, estudiar el historial que se esconde detrás de los sueños de este hombre cansado. Pesada carpeta color grisáceo, en cuya primera página encontramos la exigencia de una identidad: un nombre, una fecha de nacimiento y un lugar de origen. Extraña inflexibilidad para un hombre que dedicó su vida a ser muchos, a buscar la alegría a través de una esquizofrénica multiplicidad de personalidades. El coronel habita el siglo con el anonimato del pez en el agua. Y, sin embargo, un nombre y una fecha determinan que el archivo tiene continuidad. Evidentemente, el que duerme es un solo hombre. Nos queda la magia de la perspectiva: mirarlo desde mil ángulos distintos, trazar una especie de cuadro cubista de este hombre cansado. Por momentos, dormido como está, pareciese como si el coronel posara para nosotros: se tira de un lado, se tira del otro, cambia posiciones con la misma frecuencia con que cambia de sueños. Nos decimos: habría que mirar el expediente con la mirada flexible de aquel que registra sueños, habría que analizar las máscaras de este hombre desde la posición esquiva de la alegría.

En plena guerra, con la presión de su herencia a cuestas, el pequeño coronel aprende a jugar con sus máscaras. En el expediente se encuentra, en caligrafía casi indescifrable, una anotación que establece el momento preciso de lo que sería una de las grandes realizaciones de su vida: ponerse una máscara era negarse a un destino. Fechada en 1943 y firmada por un tal Jacques Truffaut —psicoanalista de un orfanato parisino—, la anotación se resume en las siguientes líneas: «*El niño se niega a responder en su lengua materna. Niega el ruso con una furia traumática: parece querer borrar su origen. En cambio, acaricia el español con una fluidez angelical.*» Poco sabe Truffaut de los atardeceres lluviosos de Chalco. México le suena a barbarie erótica, a aventura y a expedición sin vuelta, por eso prefiere anotar —bajo el título de lugar de nacimiento— el nombre francés, *Mexique*, en un intento por mantenerse en casa. Pero al pequeño coronel no le gustan las casas, prefiere esa teoría que descubre en una copia francesa del *National Geographic*, en un artículo dedicado al uso tribal de las máscaras en el noreste de África. Prefiere pensar que el origen de la civilización es el simulacro, la identidad impuesta, el anonimato con rostro, los flujos sin fin. Ojea con ansiedad y alegría ese artículo que habla a su vez de un tal Johann Kaspar Lavater, padre de la fisiognomía, quien creyó descubrir en los rostros esbozos morales de las distintas personalidades. Calca con precisión dibujos fantásticos en donde distintos rostros son comparados con fisionomías de animales: un hombre de frente aguda comparado con un perro de hocico largo, un hombre de pequeña nariz representado por un búfalo. Ríe en plena guerra y su risa es la primera de muchas máscaras. Años más tarde, el coronel encontrará en su amor por las mariposas una especie de última máscara, un remedio homeopático para su soledad de grandes y dramáticas risas.

¿De qué se trata? Imagino que de verlo dormir, de acompañarlo un poco, de mirarlo de cerca ahora que duerme. Se trata de esbozar un rostro, de trazar una fisionomía como si fuese un estudio forense. Ahora que duerme movilizamos a un grupo forense para que examine la zona del crimen. ¿Pero de qué crimen se acusa al coronel? Tal vez de haber vivido muchas vidas cuando sólo una le fue dada, tal vez de guardar un secreto en pleno mediodía. A fin de cuentas, podríamos decir que se le acusa de crímenes de guerra. Se trata de tomar en mano este expediente y de pesarlo, abrirlo y exhibirlo a la luz pública: las fotografías, los apuntes psicoanalíticos, las huellas dactilares, las cartas. Especie de indiscreción biográfica que pretende hacer un balance de una vida que contuvo muchas vidas, molestoso rebuscar entre gavetas que tiene como fin la anacrónica tarea de trazar un esbozo moral de este hombre al que el tiempo se le acaba. Se trata, como bien lo supo Zenón, de darnos cuenta de cuán largo es un día: entre dos puntos casi contiguos se entretiene una vida como un nudo y nuestro deber es desenrollarla hasta extinguirla.

Su soledad es sin embargo una soledad asumida. Ahora que lo pensamos lo recordamos mirando una profunda canasta de frutas repleta de sobres postales –algunos abiertos, otros no– en una suerte de comunión melancólica con un mundo ajeno: el mundo más allá de estas montañas. Sí: las cartas componen más de la mitad del expediente de nuestro querido anacoreta. Cuando el mundo pensaba que su aislamiento era absoluto, cuando se pensaba que su última palabra pública había sido pronunciada, el coronel decidió reconciliarse con el mundo mediante una simple carta. La postal, con su paisaje de montañas nevadas y caballos taciturnos, con su caligrafía flaca, se limitaba a esbozar, en su reverso, la intención de un proyecto:

Llegarán más cartas esbozando el proyecto. Propongo por el momento un título: Les Vertiges du Siècle.
Saludos de,
El Coronel

Maximiliano Cienfuegos no supo qué hacer al momento de recibir la postal: su rostro, aturdido, pareció convertirse en un dinámico nido de muecas. La postal le pareció un chiste de mal gusto, una farsa de sus colegas, una especie de jocosa bienvenida a un club de ancianos. Llegó hasta el punto de intuir la tardía pero siempre esperada llegada de su inminente locura. Una vez resignado a su temprana vejez, se entregó al juego, rebuscó entre las reliquias de su francés olvidado las palabras capaces de traducir aquella carta y aquel título. Sólo encontró una gama de posibilidades que iban desde su favorito *Los Vestigios del Siglo* hasta el menos enigmático pero fidedigno *Los Vértigos del Siglo*. Encontró, entre un grupo de gavetas olvidadas, una postal equivalente: las ruinas de Teotihuacán en pleno mediodía. Bosquejó una multitud de respuestas, antes de limitarse a la parquedad de una respuesta que más tarde le parecería típicamente mexicana:

Encantado de participar en este proyecto. El título
–Los Vértigos del Siglo– *me parece perfecto.*
Saludos de,
Maximiliano Cienfuegos

La postal está fechada: 15 de abril de 1981. Veinticin-
co años más tarde, entre la multitud de papeles, encontramos la correspondencia en su plenitud exorbitante, astuta
y absurda, *blueprint* de la locura arquitectónica del coronel. La ponemos sobre una balanza y nos limitamos a decir: pesa diez libras.

Es la primera vez que lo vemos firmar, que lo vemos nom-
brarse: sobre el cierre de carta el antiguo matemático se regala un título marcial. ¿Burla o locura? Difícil saber. El
coronel guarda el secreto de su nombre con la misma furia con que guarda el secreto de su origen. Lo que sí sabemos es que a principios de la década este hombre ya calvo
y cansado decide dejar atrás su pasado prolífico para sumergirse en un proyecto cuya finalidad se esconde detrás
de un título: *Los Vértigos del Siglo*. Vértigo habrá sentido
Maximiliano al recibir la segunda carta: una especie de incomprensible paquete en el que la matemática perdía su
cordura y se abalanzaba sobre una serie de extraños fenó-
menos históricos. Vértigo y ansiedad habrá sentido Maximiliano al ver la locura de ese gran matemático vuelto coronel. Vértigo, ansiedad y alegría habrá sentido Maximiliano
Cienfuegos al ver que su ídolo lo había escogido precisamente a él –con quien apenas había cruzado unas palabras, una partida de ajedrez en un hotel colonial de Mérida– para diseñar el comienzo de esta infantil emboscada
de lo real. Incapaz de comunicar su alegría, temeroso de

perderla, se limitó a guardar su alegría atroz en la misma gaveta en que guardaba las cartas. Desde los Pirineos un recién nombrado coronel le sonreía sin dientes desde su infantil regreso a sus días mexicanos.

Maximiliano siempre se preguntó por qué fue él el escogido. Viendo que se trata aquí de un juego de nombres y títulos nos atrevemos a esbozar una respuesta: tal vez el coronel creyó escuchar en su nombre la resonancia de ecos aristocráticos, la ironía de un nombre que jugaba con una historia ya casi olvidada de emperadores imposibles y proyectos transatlánticos. Tal vez, en su infancia antigua, el coronel recordó la voz de su madre en medio del dislocado paisaje mexicano, la alegría anterior a las guerras, la paz azteca de un rostro amigable que lo miraba con admiración en medio de una plaza inundada de rojo. Tal vez entonces, con el rostro en mente mezclándose con la voz de su madre, el coronel conjuró un nombre y una dirección como se conjura un destino. La verdad es que, sin saber la razón exacta, Cienfuegos adoptó su nuevo rol de confidente con la precisión del profeta que se sabe partícipe de un plan cuyo fin sin embargo desconoce. Maximiliano, primer profeta. Maximiliano, último apóstol. Sólo que a él no le tocó poner la primera piedra de una iglesia, sino participar en un proyecto que a cada paso se le hacía más absurdo y alocado, con la testaruda convicción de que su coronel lo habría de guiar a través del desierto hacia las zonas cálidas. La fe ciega de este apóstol queda retratada en las cartas que llevan su nombre.

Un día el *gambler* se cansa y decide jugarlo todo a un número: apuesta definitiva y fortuita. Algo así debió haber sentido Maximiliano Cienfuegos cuando junto a las primeras cartas recibió una foto de su antiguo ídolo. Había apostado su última carta por un viejo cansado de quien ya no quedaba ni el prestigio de un nombre. Lo había apostado todo por un hombre que ya no era el mismo. Y sin embargo sólo desde esa perspectiva podemos entender la loca inercia con la que se entregó al disparatado proyecto. En sólo los primeros cinco años, encontramos más de cien cartas repletas de símbolos, de esbozos de teorías a medias, de garabatos marginales, de juguetones *doodles*. Una mirada rápida logra distinguir que en estos primeros años las cartas que componen *Los Vértigos del Siglo* parecen obedecer la lógica disparatada de cuatro categorías arbitrarias:

Climas
Sueños
Trompos
Cuerdas

Almanaque de postales, diccionario de disparates, *Los Vértigos del Siglo* es la obra maestra de un genio cansado. Sí: ese hombre que ahora duerme, ese hombre que ahora se ha puesto a roncar con la fuerza de un búfalo exhausto, tiene más de una razón para estar cansado. Con la fuerza del niño que, apenas aprende a hablar, balbucea una lengua privada, nuestro coronel se dedicó a delinear las categorías de un siglo. Entre los vericuetos de estas categorías se desdibujan los infortunios de Maximiliano.

Con la seguridad de que aquí ha ocurrido un crimen, dejamos que el grupo forense se infiltre en la casa mientras el coronel duerme, en busca de huellas dactilares que aclaren la posible participación de una dama. No basta mirar los rostros, hay que hacer un estudio anatómico del paisaje, comparar –como lo hizo por primera vez el argentino Juan Vucetich cuando el siglo apenas se anunciaba– las huellas del crimen con las huellas del archivo. Sólo que aquí las huellas no coinciden: en este solitario hogar encontramos mil y una huellas distintas pero ninguna concuerda con aquella que una silenciosa enfermera pelirroja tomó en el ya olvidado orfanato parisino. Una huella extraviada nos condena a vagar por la historia coleccionando datos como si se tratase de una historia sin fin, a sabiendas de que esta historia tiene fin y que a ese hombre le queda poco tiempo. Buscamos huellas como buscamos firmas, pero el coronel se esmera en mostrarnos mil caras. Soñamos con un punto desde el cual el universo nos regale la perspectiva del verdadero rostro culpable de este coronel que condenó a Maximiliano Cienfuegos a un peregrinaje absurdo.

Maximiliano Cienfuegos: el nombre carga con la historia de los infortunios de otro Maximiliano, aquel Maximiliano de Habsburgo sobre cuyo nombre México trazó la última espada roja de la monarquía. Aquel otro Maximiliano bajo cuyo rostro Napoleón III imaginó una América conquistada, una América monárquica, una América que terminó respondiéndole con la callada fuerza de tres disparos. La historia del Segundo Imperio Mexicano y de los infortunios de su desdichado emperador queda retratada bajo la entrada que el coronel le ha otorgado a María Amelia de Portugal:

María Amelia de Portugal (1831-1853) – hija del emperador Pedro I de Brasil, Amelia toma lugar en la historia como la primera y única princesa de Brasil. Su prematura muerte deja en duelo a aquel que se perfilaba como su futuro esposo: Fernando Maximiliano José María de Habsburgo. La historia de este desafortunado aristócrata es de particular interés. Archiduque de Austria que es designado por Napoleón III como nuevo emperador de México, Fernando Maximiliano se convierte así en Maximiliano de México, Segundo Emperador, como parte de un intento por proponer un anacrónico panorama monárquico sobre la cartografía de las recién formadas repúblicas latinoamericanas. Su muerte es de especial interés: un juicio en pleno Teatro Iturbide a cargo de un coronel y seis capitanes lo condena a ser ejecutado. La condena toma lugar el 19 de junio de 1867: cae con el torso agujereado, junto a dos de sus generales, bajo gritos de: ¡Viva México! Entre sus últimas pertenencias se encontró un anillo con un rizo de su amada perdida: Amelia.

Un coronel, tal vez por celos, condenó a este romántico Maximiliano de México al pelotón de fusilamiento. Otro coronel, un siglo más tarde, habría de condenar a otro Maximiliano a un castigo similar. Al igual que el otro, nuestro Maximiliano lo perdió todo menos los dignos arabescos de su nombre: perdió a su mujer, la custodia de sus dos hijos pequeños, su cátedra, por seguirle los pasos a un hombre que carecía de futuro y al que el pasado le pesaba demasiado. Maximiliano Cienfuegos, imitando a su antecesor imperial, apostó a ciegas por un número que no estaba en el tablero.

Su defensa es clara: su número no estaba en el tablero precisamente porque intentaba inventar un juego nuevo. A veces la bola no se mantiene en la superficie de la ruleta sino que brinca y va a parar a otra mesa: era éste el anhelo y la esperanza de Maximiliano. Mirando ahora al coronel dormido, mirándolo roncar con esa su fuerza bruta, nos preguntamos dónde habrá visto Maximiliano esa posibilidad de futuro. Y, sin embargo, cuando lo volvemos a mirar, cuando nos acercamos hasta poder olerlo, lo entendemos un poco: la pasión no se gasta tan fácilmente, late aún mientras duerme. Pulsión vital y de futuro con la cual los perfumes del coronel inundan la sala apenas pasado el pleno mediodía. El grupo forense detiene su labor para apreciar el olor ameno que inunda la sala cual color blanco en blanca mañana. Se preguntan: ¿qué perfume usa el coronel? No lo sabemos, pero, de averiguarlo, podremos distinguir, entre el espectro de fragancias pirenaicas, aquella que nombra su singular y fructífera pasión.

Nuestra misión es entonces doble: redimir al coronel es redimir a Maximiliano. La pasión de uno es la salvación del otro. Extraña secta rabínica que impone simultáneamente una salvación y una condena. Nuestra misión bien podría ser distinta: condenar al coronel para redimir a Maximiliano. Tal vez por eso los hombres caminan por la casa buscando pistas de una pasión que se empeña en no dejar huellas o en dejar demasiadas, en dislocar su origen hasta perderse sobre vistas magníficas. Los hombres detienen su labor forense para escuchar el ameno canto de un pájaro sobre las acantiladas montañas pirenaicas. Se preguntan: ¿cuál es el rostro culpable que esconde el hombre mientras duerme? Extraña lógica de las máscaras detrás de la cual se esconde la infantil y alquímica risa de una pasión cansada: condenar al coronel es condenar a muchos hombres.

Basta regresar a sus primeros años parisinos para encontrar los primeros síntomas de una adopción de anonimato. En los albores de la guerra este niño de manos chicas y pelo lacio adopta la más profunda y blanca orfandad. Atrás quedarán, sumidas en un país de rumores barbáricos, las nanas rusas de su madre y la memoria anárquica de su difunto padre. En un sanatorio español, una viuda pasará la guerra enterrada en otro anonimato: el valiente anonimato de la locura la salvará de las atrocidades de este horrible teatro tan distinto a aquel que en otro país y en otros tiempos ella amó. La guerra será para ella un largo verano de geranios blancos y alucinaciones demenciales, de pequeñas tardes pálidas adornadas con los diminutos puntos rojos de un liviano olvido. Para Chana Abramov, una guerra –aquella que le arrebató a su marido, aquella que vivió en un idioma que todavía asociaba a México– será suficiente. El año es 1943: viéndose solo, el coronel decide dejar su infancia a un lado, trazar *tabula rasa* y recomenzar todo desde cero. Le sigue un periodo oscuro y olvidadizo como la guerra misma. No volveremos a escuchar de él hasta el cese de guerra. La guerra, esa larga noche –como la llamará más tarde en sus cartas–, es una especie de hoyo negro en el archivo, un espacio vacío cuya gravedad negativa tenemos que circunnavegar hasta volver a emerger del otro lado de la historia. Cuando lo volvemos a ver ya no tiene el pelo lacio, sino muy corto, recorte *gonzo* a contratiempo que será su estilo distintivo durante los años de la posguerra. Ha cruzado la guerra para volverse muchos, con la voluntad de estar siempre un poco fuera de tiempo, profecía de un porvenir con cara anacrónica.

Su voluntarioso anacronismo guiará su camino a través del siglo, hasta traerlo a esta cama en la que ahora duerme. El coronel goza de uno de los más dulces pero casi extintos placeres: en esta tarde de cinco grados, mientras el frente frío que los azotó se aleja en dirección noroeste, el coronel goza del anacrónico placer de la siesta. En una de las cartas a Maximiliano lo deja por escrito: «*El siglo en el que vivimos, mi querido Maximiliano, es el siglo del trabajo —el siglo XIX fue apenas una antesala de lo que ya se nos venía. El hombre ha perdido la capacidad de tomar una siesta. Y te digo: las guerras son la acumulación de la energía de un siglo que, cansado, decide explotar sobre sí mismo. Si sólo supiéramos el valor de la siesta, el placer de las horas perdidas en ocio, entenderíamos que la historia necesita buscar en sus pausas el balance de sus energías. O tal vez todo esto para decirte: toma tus siestas, que los tiempos de la creación son distintos a los del trabajo.*» Ahora que duerme su anacrónica siesta, ahora que vuelve a girar su torso en busca del lugar ideal para los sueños, podríamos pensar que lo suyo fue meramente una excusa retrospectiva, una forma de acomodarse mejor sobre sus tiernas almohadas, un documento de legitimización que inventó cuando vio que las energías ya no le bastaban y que el cansancio se le venía encima. Tal vez. Pero nosotros, los que creemos en esa culpa que es también su salvación, pensamos de manera distinta: las excusas del coronel son siempre bromas válidas que esconden la pasión de una creencia. En su prolongado y monástico retiro, el coronel se dedica a rendir homenaje a la más anacrónica de las posturas: la honestidad.

En la libreta de aforismos que un pequeño y tímido miliciano republicano le entregó a Chana Abramov tras la muerte de su esposo se encuentra la siguiente pregunta: *¿Cómo se retrata la honestidad en estos tiempos de desencanto?* La pregunta del padre nos regresa al dilema del hijo. Y es que aunque él no lo sepa, al coronel lo hemos rodeado de cámaras y de micrófonos secretos, lo hemos inundado de espejos en un último intento por reproducir un retrato cubista de su anacrónica honestidad. Y sin embargo hay algo que no vemos, algo que se esconde detrás de las historias y de la multitud de rostros, algo punzante y latente como el presentimiento del peor malestar. Ahora que el tiempo se nos acaba buscamos en las decenas de rostros que nos muestran las fotografías, entre las cámaras que lo rodean, y por un momento, aunque breve, creemos ver algo.

Por ejemplo aquí: una mueca surge a medio sueño. Una solitaria mano se sumerge en el archivo, tantea por segundos, hasta que vuelve a salir a flote con una fotografía en mano. Si la viramos podemos ver que está fechada: *Hanói, 1969*. En ella un hombre de aspecto carcelario y rostro enjuto es retratado en plena mueca: los ojos bien abiertos como en pose de locura, la calvicie ya aparente y la lengua a medio lado en señal de burla. Detrás de él se distingue una pizarra con símbolos que no llegamos a distinguir y todavía más allá, en lo que parecería ser pero no es un falso fondo fotográfico, el verdor de las montañas. La mano vuelve a sumergirse en el mar de documentos y emerge nuevamente con otra fotografía en mano. En ésta se ve al mismo hombre, esta vez inscrito en una placentera aura *new age*, menos torpe en su nueva pose de inesperada celebridad, rodeado por lo que pareciese ser una extraña y sectaria mezcla de hippies y monjes: cierta atmósfera intelectual se mezcla aquí con la más profunda contracultura de trenzas rastafaris, anteojos redondos y monjes enigmáticos. Entre la secta se destaca una mujer en cuya fisionomía parecen resaltar ciertos rasgos asiáticos: el hombre no la mira, pero ella parece mirarlo a él. En este ambiente tan de época, el hombre central, con sus gafas y su mirada perdida, parece tan a gusto que casi llegamos a intuir que se trata de una fotografía de un hombre que finalmente ha llegado a coincidir con su época. Pero entonces vemos surgir, en una segunda mirada, en un tercer vistazo, la idiosincrática mueca que lo caracteriza. Las muecas del coronel niegan la estabilidad de los rostros con la misma fuerza cómica con que aceptan difuminarse en máscaras.

¿La amó? La pregunta es válida. Si miramos detenidamente la fotografía, si sacamos la lupa y observamos los detalles en una especie de cauteloso *zoom in*, podemos ver que su mirada guarda cierta ternura. No queda claro, sin embargo, por la posición de su rostro, si es a ella a quien mira o si tal vez la mirada se extiende hasta perderse sobre un nublado atardecer asiático. Tal vez, pensamos, su amor fue algo escrito en código sobre pizarras mojadas por lloviznas de guerra, algo escrito sobre esa pizarra en la cual podemos distinguir una ecuación. El amor, algo como esto:

$$f_! = \sum (-1)^i R^i f_* : K_0(X) \to K_0(Y)$$

Detrás de los símbolos, un amor burlón: el coronel esconde secretos en pizarras que esparce a través de un paisaje de guerra. La burla, la mueca y la risa: el coronel no distingue entre las comedias posibles. Pero allí está ella, indudablemente ella –ojos rasgados y pelo oscuro– en el camino de su testaruda visión. Ahora que ha entrado en esta historia no hay forma de obviarla, su presencia nos acompaña, forzándonos a replantear la imposible pregunta: ¿la habrá amado? La voz de la razón exige lo siguiente: sólo se puede amar aquello que existe a la par nuestra, al mismo tiempo que nosotros. La anacronía del coronel parece condenarlo a la más profunda soledad. Y es en medio de esta soledad poblada donde lo vemos esbozar una primera mueca de somnoliento placer. Habrá que avisarle al curioso equipo que apure su labor. El coronel comienza su lento despertar.

Cuando su despertar ya se presenta como inminente, el coronel cree ver –mezclado con el suave tacto de las almohadas sobre sus rojizas mejillas– una cueva y un color. Incapaz de sonreírle al día, deja atrás su prematuro despertar para sumergirse nuevamente en los vericuetos de un sueño que lo envuelve. En el espacio del sueño no existen líneas rectas. Nuestro rabínico ermitaño vuelve a perderse en un paisaje sin geografías claras, rodeado por coloridos peces en el rítmico mar de las melodías drogadas de sus lejanos años asiáticos. La imagen es precisa: sobre una almohada blanca, demasiado blanca, en una mañana fría, la pesada cabeza del coronel descansa y suda.

Descansa y suda porque las marítimas cuevas han dado paso al más profundo desierto. En pleno invierno el coronel saluda el regreso de sus años mexicanos bajo la inhóspita cara de sus más plácidas aguas. Se sueña perdido en el desierto con la mirada fija en un horizonte que se retrae sin dejar huellas, rodeado por un cielo estrellado que parece exhalar bocanadas de aire tibio. Una imagen lo distrae: frente a él, un jaguar marca sus pasos sobre las desérticas arenas. El coronel se sueña más joven, más ágil, más mozo, con cabellera larga y bigote afilado, vestido con nobles trapos aristocráticos, siguiéndole los pasos a las elípticas curvas que las rayas del jaguar dibujan sobre el paisaje. Los pasos del jaguar, precisos y pausados, trazan sobre la noche los caminos del sueño hasta que ya no hay más jaguar y ni siquiera rayas, sino una especie de campamento arqueológico sobre el cual hombres de bigotes rubios y precoces pecas parecen extraer —en pleno desierto mexicano— artefactos europeos del subsuelo. Y así ve surgir, de las arenas más pálidas, la catedral de Wolfenbüttel, algunas piezas del castillo de los engañados duques y la corona intacta de Fernando Alberto II. En sus sueños el coronel se descubre partícipe de las historias que su ocio procrea. Curioso, se acerca al campamento, sólo para descubrirse ya no el mozo de bigotes afilados y atuendo aristocrático, sino un mero campesino ruso sudando sobre el extenso desierto mexicano. La realidad se le deshace con la misma facilidad con la que surge. Entonces, el desierto ya no es meramente desierto sino mar, montaña, extensa llanura sobre la cual el crema de las arenas parece confundirse con un espectro de azules, blancos y verdes tonos de pudor. El coronel descansa y suda porque a veces, en sueños, su pasión le parece un chiste de mal gusto.

Junto a la cama, en una pequeña mesa de impoluto mármol, yacen dos libros sobre la luz sombrilla de una lámpara de porcelana. En la carátula del primero, sobre un fondo rojo, la silueta del famoso torero –Joselito– ha sido achicada hasta lograr una ilusión de escala: pareciese como si, sobre una antigua plaza granadina, un diminuto Joselito lidiase un toro de cuatro veces su tamaño. El título, escrito en letras blancas, nos provee lo que el dibujo nos niega: una explicación. *La Muerte Improbable: Aproximaciones a los Toreros Enanos del Siglo XIX*. Junto a este extraño libro, encontramos uno abierto, sobre cuyas páginas podemos leer una especie de juicio histórico escrito por un psicoanalista convertido al peor budismo zen: «... *los aciertos del padre fueron deshechos por los errores del hijo: Carlos II de Habsburgo, en su hechizada existencia, logró tergiversar lo logrado por su herencia...*» Y finalmente, junto a los dos libros, una figurita cabezona de Winston Churchill, un inesperado *bobbing head* sobre cuya elástica presencia parece extenderse una alegre danza. Al coronel le gusta la historia a escala: la historia en forma de maquetas dispuestas para una dulce tarantela.

Todo parecería estar en paz si no fuese porque por momentos, dispersos entre los ronquidos de aquel que sueña, creemos reconocer pequeños temblores. No lo sabríamos si no fuese por la figurita de este Winston Churchill bailarín que recomienza su danza con cada sacudida. Como ahora, que una leve sacudida –tan leve que ni siquiera lo levanta– ha forzado el comienzo de un nuevo e improvisado baile: el coronel no creerá en la democracia pero sí cree en las marionetas. En sus años mozos, luciendo su anacrónica cabeza rapada, decide adoptar un nuevo pasatiempo. Dentro de su orfanato impuesto, en media profesión de soledad, el joven decide dedicar su tiempo libre a la ardua configuración de un teatro de marionetas. Deben haber sido éstos los mismos años por los cuales su talento matemático, su furor autodidacta, se volvía ineludible. Deben haber sido éstos los años en los cuales empezó a trazar su futura obsesión. En las marionetas encontraría una comunidad ficticia dentro de la cual resguardar su soledad, un perdurable conjunto de amistades detrás de las cuales confiar sus primeros secretos. Confusa profesión de cuerdas que sin embargo le brindó algunas de sus más placenteras horas, libreto de infinitos monólogos que sólo encontraría su contraparte décadas más tarde en un extraño proyecto epistolar.

Temerosos de que al despertar nos descubra en plena búsqueda, in fraganti en nuestro rebuscar biográfico, corremos el riesgo de perder la tan necesaria compostura. Narrar la vida de este hombre requiere la desenfadada concentración del mejor equilibrista. Caminamos por una cuerda floja muy cercana al piso, lo cual incrementa la tentación al salto, los pasos largos y el enfadado correr de la alegría. Hay que, sin embargo, aprender del coronel: toda cuerda pide el más soberbio respeto, la más medida pasión, toda cuerda pide ser tratada cual hilo de seda. El coronel lo sabe aun en sueños. Él practicó el arte del funambulismo, caminó por la cuerda floja, cruzó plazas inundadas de gente, atravesó calles de bullicioso tráfico, supo tentar la gravedad con deliciosos pasos. Retomamos, entonces, la compostura de nuestro mejor pudor biográfico y nos alentamos, acróbatas de la observación, a indagar en esas sus cartas que esconden pasiones.

Cuando empezó a recibir sus cartas, por no decir sus postales –pues efectivamente eran postales de paisajes nevados, de paisajes verdes, de aquel que había cautelosamente escogido como el hábitat de su vejez solitaria–, Maximiliano ya había escuchado de las extrañas y esotéricas prácticas de su ídolo de juventud. Había escuchado –en aquellas tertulias estudiantiles que se extendían hasta las más torpes madrugadas– de sus poesías paganas, de su orientalismo arriesgado, de las encrucijadas políticas que lo habían llevado a dejar a un lado aquello que más había querido, aquella su pasión teórica por la cual todos ellos lo veneraban, para lanzarse con tiza en mano a una guerra que no era la suya, pero que acabaría por convertirlo en el que siempre quiso ser: el anónimo coronel de las mil guerras. Había escuchado de su locura latente, de sus risas frenéticas y de su carácter áspero, pero nunca imaginó que detrás de su esotérica presencia se hallase un proyecto de vida. Las postales cambiaron todo: fueron acumulándose a cuenta propia, en un tempo que parecía siempre estar al borde del colapso, sobre una casa que de a poco se vaciaba –de mujer, de hijos, de oficios– sólo para rellenarse de aforismos escritos sobre viejas postales. Le tomó un tiempo entenderlo, pero cuando llegó, la realización lo sorprendió con la fuerza de un temblor: el proyecto de su ídolo no era un mero desatino sino una locura con forma. Elusiva y líquida, la demencia senil del coronel esconde gestos vitales detrás de un bello paisaje de postal.

¿Qué hizo Maximiliano cuando se vio atrapado en aquella soledad de aforismos de postal? Se sentó y esperó, repitió el gesto de un Abraham vuelto Pablo: asumió su tarea con la responsabilidad profética del mejor apóstol. No sentimos pena: nos limitamos a aplaudirlo en su proeza. Maximiliano, como su antecesor monárquico, supo seguir hasta el fin los difíciles caminos del absurdo. Juntó el desorden de las cartas y esperó hasta ver, o creer ver, un orden que emergía entre las postales: una propuesta coherente que surgía de las múltiples carpetas, rompecabezas de alucinada teoría. Emprendió entonces su infatigable trabajo de edición que culminaría, al cabo de varios meses, en la primera y más importante obra filosófica atribuida al coronel: una especie de manifiesto en aforismos que el propio Maximiliano tituló *Diatriba contra los Esfuerzos Útiles: Tesis contra el Trabajo en la Era Práctica*. Se trataba, como el ilustrativo título sugería, de un manuscrito que recogía los aforismos que el coronel había dedicado a esbozar una crítica del trabajo útil. Calló el hallazgo de la obra apócrifa, hasta que empujado por la insoportable humillación de su fracaso público, inquieto por el secreto y la furia de una alegría que ya no podía contener, publicó su versión en una pequeña revista cultural de la Ciudad de México. Nunca le comentó nada al coronel: sin saberlo, en su orgullo de editor, había cometido la traición que terminaría por convertirlo, a los ojos de su maestro, en un mero Judas cualquiera. Tal vez era precisamente esto lo que el coronel siempre quiso: una última excusa para guardar silencio, una razón final para retirarse a su desierto nevado y concluir el proyecto que había imaginado. Tal vez, con la astucia de un buen monarca, el coronel envió a este nuevo Maximiliano a otra guerra imposible.

Al coronel, anacrónico hijo de su siglo, los sonidos mecánicos le proveen la más satisfactoria relajación. Le fascina el rechinar de los carros mohosos, el sonido de los boletos del tren al ser grapados, el retumbar inquieto de las mesas desbalanceadas. Por eso, en medio de su lujo inexplicable, decide dormir bajo el zumbido de un abanico desajustado. Respiro tropical y rústico en medio de su lujosa mansión alquímica, los rumores mecánicos lo regresan a un mundo más viejo y más simple. Le recuerdan, tal vez, la serpenteante elegancia de una mujer española sobre un hotel colonial de Mérida. Le regalan el recuerdo de sus primeras danzas asiáticas, el rostro de una mujer a la que tal vez amó bajo la torpeza de una noche húmeda. Aunque él se niegue a aceptarlo, el rumor mecánico lo regresa a un mundo de nanas rusas cantadas sobre desérticos campos de guerra. El mundo de sus olvidados padres no está tan lejos. El coronel niega su herencia con la más terca inmadurez, pero quien ha leído su *Diatriba contra los Esfuerzos Útiles* encuentra por todas partes las anárquicas huellas de Vladímir Vostokov. Su pasión negativa nos regala una máquina de paradojas. El coronel se negó a dejar descendencia pero aquí lo hallamos inmerso en la elaboración de una obra póstuma. Hombre de extremos, es el mismo individuo que siempre cabalgó entre las anticipadas ansias vanguardistas y la más tardía e inútil retaguardia.

Llegar tarde. Maximiliano sabe muy bien las penas de la tardanza. Sabe muy bien que hay momentos precisos y que el tiempo, como la pluma de ganso que cae, se decanta en una sola dirección aunque lo haga con los arabescos de las volutas de humo. Sabe, por ejemplo, que llegó tarde a una vida que tuvo sus momentos lúcidos, sus insignes momentos de gloria que fueron perdiéndose detrás de risas megalomaníacas. La publicación, lejos de marcar su redención, marcó su descrédito final: cansado y ojeroso, Maximiliano comprendió que había sido derrotado por los fuegos de su propia ambición. Viéndolo así, frágil en su cansancio alcoholizado, sus antiguos colegas creyeron que la locura del coronel lo había contagiado. Intuyeron, en su melancólico y cansado perfil indígena, la impotencia de un talento que había cedido a la demencia antes de completar su recorrido. Maximiliano había llegado a la locura sin pasar por la genialidad. Sí: nuestro amigo nos nació romántico en un siglo que ya no creía en genios. Y aun así siguió, no cesó su misión suicida, hasta que el coronel —en esa carta que todavía guarda y mira a ratos, mientras en un pequeño televisor el país se viene abajo— lo relevó de sus cargos. Sí: hay una carta que marca el fin de la colaboración y el comienzo de la más solitaria vejez. Es el momento en el que Maximiliano se mira en el espejo y se descubre viejo pero libre. Es esa la carta que falta, la que buscamos entre el archivo sin encontrarla, pues sabemos —por terceras fuentes— que es allí donde el coronel expone la confesión de su secreto, el secreto de su pasión bajo la forma de un enigma final. Gravitamos hacia esa carta con el mismo vértigo con el que Maximiliano se entregó a lo inútil.

¿Qué es, o en qué se convirtió, ese proyecto que se planteó bajo el extraño título de *Los Vértigos del Siglo?* Ahora cuando, mirando el archivo, vemos las postales amontonadas en su repetitiva falsedad nos choca la extraña naturaleza de un proyecto que nunca tuvo forma, o que si la tuvo, se negó a exhibirla. *Los Vértigos del Siglo* es una especie de caleidoscopio bajo el cual mirar los eventos de un siglo. Si lo rotamos con destreza vemos pasar por allí el terremoto de México de 1985, el asesinato de Kennedy en 1963, la entrada triunfal de Fidel Castro a La Habana, los sinsabores de una infinita e inesperada huelga. Hasta ahí la gran historia. Si lo giramos en la dirección opuesta vemos dibujarse eventos mínimos: las bellas piernas de dos mujeres que cruzan una calle adoquinada, el rostro tiznado de un minero inglés, un solitario chicle cayendo sobre un asfalto sin mancha. *Los Vértigos del Siglo* es, en fin, entre muchas otras cosas, un almanaque en el cual se ve lo que se quiere ver. Maximiliano Cienfuegos, en su humillación cansada, decidió ver una épica del ocio.

Maximiliano cansado, Maximiliano feliz, Maximiliano triste. Dormido el coronel, retratamos sus máscaras a través de las mil caras de Maximiliano Cienfuegos. ¿Y qué nos queda? Algo parecido a ese collage de muecas que ocurre dentro de los *photo-booths,* una acelerada multiplicación de rostros, una fotografía múltiple de gestos en vuelo. Sólo que Maximiliano no es tan patético como el coronel, no es tan dado a la expresión, se niega a entregarse a la emotividad desaforada. Él todavía cree que a cada hombre le fue dado un simple rostro sincero. Y así, en su sobriedad honesta, el rostro que nos presenta es siempre el mismo con leves desplazamientos: aquí un poco más alegre, aquí un poco más triste, aquí un poco más cansado. Siempre, sin embargo, el mismo rostro de perfil achinado y mejillas rojizas, la cara enjuta de mulato hambriento y la preponderante nariz en media foto. Se nota que la nostalgia le viene de lejos, se le nota cierta aura de servidumbre y de apego a la realidad. Se le nota, también, cierta creencia. Maximiliano Cienfuegos cree y su creencia es tal vez simultáneamente su salvación y su condena. Maximiliano cree y su creencia lo fuerza a gastar infinitas horas en labores que nada más lo guían al cansancio. La épica del ocio fue, en su caso, una épica sin frutos pero laboriosa épica aún que acabó por dejarle un retrato de sí mismo. A veces, ahora que acercándonos al coronel nos parece verlo a él, nos llegan anécdotas de Maximiliano en los años de su alcoholizado proyecto. Lo vemos entrando a un museo de la Ciudad de México, postrándose frente a uno de los enormes murales de Orozco e intentando encontrarse –pequeño sargento frente al espejo de un ideal– en el rostro del obrero revolucionario. Lo vemos allí, parado por horas frente a un espejo que no le devolvía nada, con las ojeras de un cansancio de cuello azul, incapaz de reconocerse en el rostro de su propio pueblo. Lo vemos en su atención honesta y sobre su rostro se trazan las muecas de aquel que se mira mil veces sin reconocerse. La historia también tiene su cosmética: arrugas sobre un rostro marcado por el tiempo.

Cosmética para el coronel: lo vemos dormir con su piel intacta y suave, con las mejillas humedecidas por el sudor, y pensamos que nuestra presencia está marcada por un mero ejercicio cosmético. Estamos aquí, nos decimos, para maquillarlo antes de su último show: nuestro viejo mimo en su última actuación, enfrentado a un grupo forense que servirá también de juez y de jurado. Maximiliano no sabía que lo apostaba todo por un viejo mimo en última función. Simplemente se encontró en primera fila. Maximiliano tampoco conocía lo que ahora encontramos en el expediente: una nota médica que describe los síntomas del coronel –sus dificultades motoras, sus errores disléxicos, su realidad múltiple– antes de forzar una diagnosis: *Prosopagnosia*. La nota está fechada por el mismo psicoanalista –Jacques Truffaut– pero fechada cinco años más tarde, en 1948: el coronel ha emergido del otro lado de la guerra con una extraña enfermedad que le dificulta reconocer rostros. Junto a la diagnosis encontramos una sugerencia médica: *«Se sugiere mantenerse alejado de las carreras humanísticas, optar por las ciencias puras, las matemáticas en especial: buscar la precisión de lo abstracto.»* La segunda de sus mil guerras lo ha condenado a la impersonalidad, al abandono de su humanismo de manos chicas y pelo lacio. Durante esos años vemos al coronel asumir sus síntomas con la misma honestidad con la que entretiene su pasión matemática como si se tratase de un primer amor:

$$f_! = \sum (-1)^i R^i f_* : K_0(X) \to K_0(Y)$$

¿La amó? Difícil saber a cuántas mujeres amó un hombre que no reconoce rostros. Difícil contar los amores que se esconden detrás de ecuaciones escritas sobre pizarras en un campo de guerra. El coronel se dedica a retratar vidas con la misma extraña y fría pasión con la que, en un pasado lejano, se dedicó a pintar pasiones sobre los rostros de decenas de marionetas. Su amor –lo dijo alguna vez aunque no hallemos la carta– se esconde detrás de las ecuaciones que marcan el baile de una marioneta cansada. No reconocerá rostros, pero sabe pintarlos: su pasión es una pasión cosmética.

Justo cuando nos parece que el coronel duerme demasiado vemos el primer gesto del despertar. La mosca de fuego que nuevamente ha entrado en su alcoba forzándolo a arrugar el rostro y a sacudir los aires con un agresivo gesto de mano abierta que termina arrojando al suelo los dos libros. Como si de repente el día se hubiese sacudido el cansancio de encima y hubiese dicho: hora de imaginar divas. Desde el piso de inmaculada caoba brasileña el rostro de un torero enano apodado *El Convidado de Piedra* parece increparnos con la peor de las sospechas: ¿será que el coronel nos ha visto? Para nada. Con apenas un ojo abierto y sin sus espejuelos, el coronel es una especie de infante frente a una realidad difusamente extensa. Apenas puede ver, esbozado muy vagamente, el simpático baile que el pequeño temblor ha producido sobre el muñeco borracho de Winston Churchill.

En la soleada mañana el coronel no parece registrar nuestros pasos mientras salimos en puntas de su monástica y lujosa casa de retiro. Recatado, se pone los lentes y mira el reloj: ya casi la una y media. Derrotado por una lentitud que le viene de lejos, nuestro querido ermitaño ha dormido más de lo debido. Y es que en todo, en absolutamente todo, el coronel llega tarde: la puntualidad no es su fuerte. Hasta en la cuerda floja –con su testaruda dirección única– se le adelantan. Mucho antes de que la edad lo condenara a estos infructuosos proyectos, el coronel planificó otro golpe de Estado: quería cruzar las Torres Gemelas bailando sobre una cuerda floja. Dos semanas más tarde, vería a un compatriota suyo –el francés Phillippe Petit– arruinar su sueño con una gracia incomparable. En una sala rodeada de pizarras negras, se limitó a callar su secreto cuando escuchó la noticia de la gloriosa hazaña. ¿Qué queda de esa imaginada gloria? No mucho: le gusta que sus huellas sean mínimas. Apenas una entrada sobre cuerdas e historia, sobre riesgo y política en *Los Vértigos del Siglo*, al igual que una biografía de Maria Spelterini:

Maria Spelterini (1853-1912) – equilibrista italiana que fue la primera mujer en cruzar las cataratas del Niágara sobre una cuerda floja. El 19 de julio de 1876 cruzó el Niágara con los ojos vendados. Dos días más tarde, como si esto no fuese suficiente, se dedicó a cruzarlo con sus pies inmersos en cubos de madera. De relevante interés es el atuendo tan de moda que utilizó para caminar sobre la cuerda: un sombrero de ala ancha para el sol y el atuendo muy de época, con sus amplias faldas.

A veces sentimos que *Los Vértigos del Siglo* es una especie de *blueprint* de lo que fueron las verdaderas tentativas heroicas del coronel. A veces sentimos que nuestro héroe llegó tarde a la épica de su siglo. Estuvo allí –en el México de los veinte, en la guerra civil española, en la Segunda Guerra Mundial, en Woodstock y en Vietnam– pero siempre un poquito antes o después, un poquito fuera de tiempo y de lugar. Su deseo por ser contemporáneo arruinó su gloria. Por eso nos abalanzamos con furor y vértigo sobre esa carta que promete un amor con la siguiente intuición: si amó, entonces fue contemporáneo, si amó estuvo presente en media historia. Tal vez una pizarra repleta de ecuaciones en plena guerra sea la salvación de este hombre que ahora –entre ociosos bostezos y gimnasias matutinas– se prepara para narrar la vida de la segunda diva. ¿Qué queda? Queda toda una tarde y luego la noche, una libreta sobre la cual el coronel escribe las vidas de las divas como si se tratase de su último ejército: un ejército de puras divas, versión moderna de las temibles amazonas de la antigüedad. En plenos Pirineos, con la mirada puesta en un más allá ingrato, el coronel se dedica a esbozar vidas con la misma paciencia meticulosa con que en sus años de juventud pintó el rostro de un pequeño don Quijote de madera. Nuestro ermitaño, en su megalomanía madura, prepara su ejército de divas para una última guerra. Las blancas montañas cubiertas de nieve son el teatro escogido para esta última danza de guerra que no es nada menos que una apuesta vital. Mirando las gavetas donde guarda las vidas cual marionetas pintadas, nos preguntamos en silencio: ¿entre estas divas, estará aquella que amó? El único hombre que sabe ha desaparecido sin dejar rastro y con las cartas al hombro. Tan pronto supo que tenía el verdadero secreto de la pasión del coronel, Maximiliano se dio a la fuga.

Sí: hay una postal final que tal vez esconda otras. Una carta final que trajo consigo una fotografía del coronel en pálida sonrisa, gafas de sol y camiseta sin mangas. Fue ése el rostro juvenil que el coronel decidió poner cuando supo que había llegado la hora de exponer el código de su pasión. Tal vez siempre supo que esa hora llegaría y por eso escogió a Maximiliano, patriota incómodo, misionero de la nostalgia, para guardar su secreto en otro continente y bajo el más pesado de los fracasos. Sí: el coronel construyó la pirámide de un fracaso con la furia vital de quien necesita una cripta. Construyó la pirámide de un siglo y luego la dejó caer, con todo y el esclavo abajo, sobre una postal de pastos verdes y amenos caballos. Una postal que se limitaba a decir, en la peor de las claves:

> *Querido Apóstol:*
> *Hasta aquí las cartas. El cansancio me gana y los días se acortan. Imagino que ahora será el momento de contestar la pregunta que alguna vez me hiciste. La respuesta es sí. La pasión existe y se esconde en la breve belleza de frases como ésta:*

$$f_! = \sum (-1)^i R^i f_* : K_0(X) \to K_0(Y)$$

Hasta pronto,
El Coronel

Escribió esta carta y luego sonrió con su rostro más irónico: rostro de gafas de sol en pleno invierno. O tal vez escribió una carta más explicando su cripta, tal vez dos, estableciendo a qué pregunta se refería cuando aceptaba su complicidad y su pasión. El expediente se niega a dar aclaraciones y Maximiliano se ha dado a la fuga. Contrario a su contraparte imperial, nuestro mexicano supo que la muerte se le venía encima y que era hora de partir. Él, el eterno patriota, el que nunca había salido de México, se dio a la fuga tan pronto supo que su coronel lo dejaba solo. Tal vez, para él, *Los Vértigos del Siglo* fue una forma de ver un mundo en el que nunca creyó, una incentiva a dejar atrás una tierra que le había sido ingrata. Lo cierto es que en una mañana brumosa desapareció llevando consigo las cartas que pudieran explicar la pasión del coronel. Así que, en la tarde temprana, con el sol todavía soberbio, un poco ansiosos y desesperados, volvemos a quedarnos a solas con este extraño coronel que ahora parece estirar en vista de una nueva guerra. Y lo miramos con una mezcla de ternura y furia mientras realiza su gimnasia intelectual, estupendamente monótono en sus bostezos y en sus pasos, *déjà vu* de un faraón retirado. Nuestra vigilia se cierra. En el rostro del coronel se vuelve a encender su pasión biográfica.

III

Basta de quejas: aquí ya hay rumor de fin. En sus ojos, en la gimnasia leve con la que en la temprana tarde pretende retomar la lucidez, se vislumbra una vespertina voluntad de destino. Expuesta su cripta, esbozada la ecuación de su locura, volvemos a nuestro cotidiano e indiscreto espionaje de miradas largas y atenta escucha. Escuchamos, entre los zumbidos de un abanico desajustado, los rumores de un fin: es el destino del coronel. Sí: el coronel guarda su destino bajo décadas de cansancio y alegría, entre ojeras y risas, disfrazado por la ansiosa paz de estas sus blancas montañas. Basta observarlo atentamente en su atletismo maduro, en su laboriosa faena, para entender algo: el coronel entretiene un destino con el peor de los tedios. Y es que si lo dejamos a un lado y enfocamos su escritorio, encontramos la confesión de lo que parece ser su fastidioso aburrimiento. En media pared, portentosa en su relucir dorado, una cita parece reírse de nosotros: «*Nec corpus mentem ad cogitandum, nec mens corpus ad motum, neque ad quietum, nec ad aliquid (si quid est) aliud determinare postest.*» Más abajo, una traducción nos aclara lo dicho: «*Ni el cuerpo puede determinar la acción mental ni la mente*

*determinar el movimiento corporal o su reposo o nada más...
si es que hay algo.*» Más abajo aún, una firma aclara su pro-
cedencia: *Spinoza.* A media tarde, la voluntad del coronel
toma la forma de un elogio al ocio: una cita lo condena a
la más extraña inacción. Aun así lo vemos prepararse –con
aire de amante joven– para su próxima diva, para su
próxima vida, con la ilusión de aquel que sabe que el peor
de los nudos siempre tiene su desenlace. Expuesta su cripta, esbozada la ecuación de su locura, hay mucho que narrar: mientras Maximiliano ande suelto hay historia por
contar, hay vidas por trazar. ¿Tiene destino el coronel? Sí.
Con la tediosa pasión con la que una pluma de ganso esboza su lenta y pendular caída, la vida de este hombre se
decanta hacia un inevitable fin. A media tarde, ansiosos y
un poco cansados, nos limitamos a comentar los vaivenes
de su baile, a esparcir los aforismos del coronel entre su
vida a secas.

En una línea casi perfecta el coronel ha escrito el nombre
de su segunda diva: *María la Profetisa*, sólo para luego borrar y escribir otro nombre, *María la Hebrea*. Luego ha sub-
rayado el nombre con tinta roja. Falsas líneas. Nos limitamos a copiar uno de los aforismos del coronel recolectados
por Maximiliano Cienfuegos en la *Diatriba contra los Esfuerzos Útiles: Tesis contra el Trabajo en la Era Práctica:*

> *¿Cuántas líneas se necesitan para trazar el carácter
> moral de un hombre? La cantidad con la que se traza su
> mayor fracaso. Basta tomar una lupa y asomarse a la línea
> más perfecta para ver sus costados irregulares, su camino
> zigzagueante, sus pasos borrachos. ¡No! La línea más rec-
> ta no existe y esto es suficiente para negar la posibilidad*

del trabajo, la posibilidad del esfuerzo útil. Basta anali-
zar el gesto más mínimo: el gesto mediante el cual se pone
un lápiz sobre el papel. Basta separarlo en sus momentos
constitutivos y pensar en la cantidad de energía que ejer-
cen los músculos en cada instante, la imposible cantidad
de subdivisiones que separan un acto del otro, para en-
tender —como bien entendió Spinoza— que el verdadero
milagro es que ocurra algo en vez de nada, que pasen co-
sas en vez de nada. Sí. Las líneas rectas requieren la
energía del universo concentrada.

Lo extraño ha sido que nada nos ha parecido más sencillo que el gesto con el que se ha acercado a la página
y ha escrito el nombre de la segunda diva. En cada uno
de sus gestos el coronel parece contradecirse. Lamentablemente los triunfos no se cantan tan fácil y ahora que se aleja del papel a paso lento, su rostro muestra un cansancio
atroz, un insoportable tedio, como el de quien regresa de
una trifulca. Este anacoreta no será flaco pero padece un
cansancio crónico, habrá batallado mil guerras, pero sus
guerras están contadas. Por eso, en un último recurso, ha
desaparecido durante unos cuantos minutos, sólo para
emerger con una dulzona torrija en mano. El coronel ali-
menta su cansancio con azúcares y carbohidratos en espera de que la tarde le sonría, golosa y energética, en un último aplauso. Habrá cambiado, pero, a veces, entre sus
gestos vislumbramos una alegría infantil de manos chicas
y pelo lacio. Y así, nos limitamos a verlo engullir su pos-
tre, sin modales ni paciencia, en busca de la energía necesaria para su último gran fracaso. A fin de cuentas, la pluma de ganso podrá tomar su tiempo, pero siempre acaba
por caer.

Condenar al coronel a la locura, recetarle medicamentos para su megalomanía cansada, sería lo más sencillo. Dos pastillas diarias y ya está, una visita al psiquiatra y ya está. Nos podemos ir a la cama con la falsa pero limpia conciencia de que nuestro paciente sueña en paz. Mirada desde este ángulo, su bella casa en plenos Pirineos –con su atmósfera blanca y sus pisos de mármol– tiene algo de manicomio aristocrático. Hasta podría decirse: el coronel acepta la vejez con el mismo gesto doble –de alegría y desprecio– con que acepta la herencia de su madre Chana Abramov. En su tardía labor se dedica, aunque lo esconda, a rendir homenaje a las ya olvidadas nanas rusas. Hay dos formas de acercarse al coronel. Se le puede ver desde la distancia, en su perfil romántico, como un genio cansado que finalmente cedió a la locura de proyectos sin fin. Fácil verlo en su aura de genio, prisionero de la demencia, cautivo por la memoria de su infancia traumática. Más difícil sería acercarse a él hasta llegar a la creencia, hasta creer en sus proyectos. Verlo de cerca en su perfil más criminal: ya no un genio, ya no un loco, sino un hombre que esperó, pacientemente, a que llegara el día que lo despojara de su talento, para sentarse a escribir lo que siempre quiso. El coronel no cree en talentos pero tampoco en el trabajo. Cree en la más tediosa paciencia.

Por eso no desespera en sus fracasos ahora que fracasa por tercera vez en narrar el nacimiento de esta nueva diva: la vida de esta *María la Profetisa* se eriza hasta volverse infranqueable, hasta enredarse en un imposible nudo de nombres. La diva se esconde detrás de sus múltiples orígenes: su nombre resuena con el de María Magdalena, se confunde detrás del apodo de *María la Hebrea* para luego confundirse con el de otra María, hermana de Moisés y de Aarón, hasta perderse definitivamente detrás de una imposibilidad: un tratado árabe habla de ella bajo el nobiliario título de *La Hija de Platón*. Tedioso el comienzo que no regala un fin: el coronel hace malabares con nombres como si se tratase de un problema matemático. Le ha sido dada la responsabilidad de dar nacimiento a una diva que de principio le nació múltiple, mítica y astuta, buena para el escondite. La torrija no le ha dado suficientes carbohidratos: a media tarde, un poco cansado, la madre de la alquimia pone a prueba la paciencia del coronel proponiéndole una vida imposible de narrar. El coronel, sudoroso y cansado, cierra los ojos y se entrega al puntilleo aleatorio de las luces sobre sus párpados.

Los placeres imposibles.

En pleno invierno, el coronel suda paciencia y tedio: la diva le ha salido antigua y complicada. Como toda herencia, la de esta *María la Profetisa* carga con una larga cola de pasados aleatorios, repleta de misterios y especulaciones, de historias alternativas, de variaciones sin fin. El coronel especula pero se retrae: a veces su juego biográfico le intimida más que la bolsa de valores. Revisa las posibilidades una y otra vez sin llegar a decidirse. Tedioso el comienzo que no regala un fin: el coronel se empalaga de tedio con el rostro de quien degusta el más amargo de los vinos. Sin darse cuenta ha tomado un libro en mano y se abanica con cierta irritación, mostrándonos la amena fotografía de un grupo de toreros enanos en plena faena. Pensar en genealogías lo hace sentirse diminuto, pensar en genealogías lo hace sentirse pesado. El coronel recuerda su herencia con la peor de las sospechas. Nacer, se dice, es un problema de herencia y estadística, un problema de mutaciones y errores que un conjunto de dioses enanos decide con los ojos vendados. A él, sin embargo, nunca le gustó la estadística. Siempre le fascinó la precisión de los pasos sobre la cuerda floja. Tal vez por eso, como aquella otra diva hebrea, *Atalía Reina de Judá,* quien aseguró su trono ejecutando toda sucesión posible, el coronel condenó a su tropa al más liviano olvido: un general sin embargo escapó a la ejecución. Es por eso que tal vez, aun en la paz más pura, notamos cierta ansiedad en sus gestos, cierta irritación y cierto miedo. El coronel sabe que, más allá de las montañas, un fusilado vivo de achinado rostro ríe mientras planifica la revelación de su secreto.

¿Por qué el retiro? ¿Por qué esta paz de divas? ¿Por qué escapar de su talento cuando finalmente el mundo se rendía a sus pies cual *Aquiles socrático?* Maximiliano, sin saberlo, recolectó los aforismos de la diatriba en un intento por contestar esta pregunta: la diatriba contra los esfuerzos útiles es, en cierta forma, un elogio de la vida retirada, de esta paz monástica de alturas elevadas. Buscó, entre las mil postales, aquellas que esbozasen una teoría de lo que llamó la decisión monástica del coronel. Por eso, ahora que lo vemos morder la torrija al tiempo de golosos mordiscos, consumido como está en la búsqueda de la energía que necesita para este doloroso y difícil parto, recordamos una de las entradas enigmáticas de su *Diatriba.* La diatriba contra la acción:

Se equivocan los que creen que la política se trata de estar siempre en acto. No: el primer paso es un retrospectivo retraerse, una meditación pasiva que vuelve más po-

tente el regreso. El fenómeno es natural en el más profun-
do de sus sentidos. Observemos al oso, observemos al león:
duermen por años con la única intención de concentrar
sus energías en una única y espectacular muestra de su
poderío. Obsérvese al César dormido, descansando en su
aposento de lujo, en espera del día que le toca llamar a
guerra. Hay que llevar la entropía hasta el límite de lo
posible, jugar con el equilibrio absoluto, para luego ac-
tuar finalmente: entrar en el panorama con un gesto ab-
soluto. Se equivocan los que creen que un hombre que
habla es de más provecho que aquel que calla. Es un
mero asunto de no hacer realmente nada, de concentrar
las energías para un movimiento futuro en el que el ser se
expresa en plenitud.

El coronel habrá escrito esto, habrá esbozado una teoría de la acción, pero ahora que ha llegado el momento
de dar a luz a la penúltima diva, las energías le parecen
fallar. Ahora que lo vemos levantar la pluma con cierto
fastidio, sudoroso y cansado, nos damos cuenta: a este
hombre parecen faltarle las fuerzas para un último fracaso
digno. Y mirando la rosquilla a medio comer y sus gene-
rosas mejillas –casanova pasado de libras– tememos que
haya esperado demasiado antes de esbozar lo que él mismo llamó su gesto absoluto. Tememos que su metabolis-
mo se haya deteriorado hasta el punto del fracaso absoluto, de la verdadera inacción. Pero entonces vemos resurgir
en su rostro su pasión numérica y nos decimos: el coronel
sólo cuenta calorías en vista de ese último gesto sobre el
cual concentrará toda la energía de sus monásticos años
de exilio.

¿Cuán flexible es un hombre? Basta ver al coronel, que en un solo gesto –aquel que se compone de levantarse de una silla de mimbre y madera– ha exhibido los siguientes atributos: valentía, cansancio, fuerza, elasticidad, carácter, ansiedad, honestidad, tedio, paz, melancolía, agilidad, creatividad, astucia, ironía, paciencia, gracia, serenidad, rapidez, furia, tristeza, visión, decepción y alegría. Nuestro anacoreta practica su humanismo elástico como si se tratase de un manual de artes marciales: concentra sus energías, las reorganiza y las extiende en una bella exposición de gimnasia moral. Sí. El más breve de los actos se compone de un millar de costados que, sin embargo, sumados en conjunto –con sus positivos y sus negativos–, producen esa pequeña chispa de energía necesaria para que el coronel ahora se levante de su silla, se acerque al tocadiscos y coloque la aguja sobre el disco que, de forma aún más maravillosa y compleja, verdadero misterio de la física, comienza a tocar la música de Jacques Brel. Entonces el coronel comienza su pequeña danza de pasos cortos y torpe andar, a sabiendas de que aún la diva no ha nacido, pero que el día todavía tiene sus horas largas. Baila y recuerda sus años mozos, su pasión de guerra, pizarras repletas de criptas numéricas, ecuaciones de una alegría atroz en media línea de fuego, una chica asiática que cantaba canciones francesas como si se tratase de canciones de guerra. El coronel baila en medio del fracaso, desplazándose sobre memorias dispares, hasta abrir una puerta que nos regala un inesperado tesoro: un hermoso jardín repleto de las más rojas de las rosas. Con la música de fondo, el escenario sería de una hermosura patética, de una paz final, si no fuese porque el coronel sabe que, más allá del jardín, un fusilado vivo esconde en postales el secreto de su tedio.

El placer de las sumas mínimas.

Hay un fusilado que vive: tan pronto descubrió aquella última postal, Maximiliano supo que era hora de partir antes de que el coronel intentara sepultarlo con todo y su secreto a cuestas. Se miró en el espejo y se vio viejo, marchito en su alcoholismo de tragos cortos, viejo pero libre. Entonces, por primera vez en mucho tiempo, se imaginó macizamente heroico como los hombres que aparecían en los murales de Orozco, esos hombres dibujados a la escala del sueño y no del hombre, esos héroes de irreconocibles rostros cuadrados que miraban a los cielos de ese país que lo había condenado a una soledad de tarjetas de postal. Comprendió que su condena no era necesariamente la receta de su fracaso sino la puerta de una libertad más amplia, una libertad de cielos lúcidos y terrenos fértiles. En una tarde de marzo, frente a un espejo manchado, Maximiliano Cienfuegos asumió finalmente su destino. Partió entonces en su peregrinaje profano. Él, que nunca había salido de esa región más transparente, él, que nunca había explorado el más allá de la zona tórrida, él, que había mirado a su coronel con los ojos sumisos de un sirviente avergonzado de su humilde origen. Él, apóstol poseído por el poderío de un secreto, decidió partir con su secreto a cuestas. Fue por esos años cuando el coronel empezó a recibir sus postales: fotografías de un Maximiliano cosmopolita. Maximiliano en Praga, Maximiliano en Lima, Maximiliano en Venecia, Maximiliano en Beijing, Maximiliano en Vigo. Había decidido trazar, sobre la inocencia de las postales, su serpenteante y paulatino acercamiento a la fortaleza del maestro. Locura de mapas trazados sobre servilletas turísticas, demencia senil de un matemático vuelto cartógrafo. De eso hará diez años, pero ahora que el coronel vuelve a la memoria en medio del baile, piensa en Maximiliano Cienfuegos y en su imaginación lo ve venir a caballo, con su aura colonial de fuertes pasos, cargando los símbolos de su pasión como se carga una espada, un libro, una venganza.

El jardín tiene flores de todos los colores que el coronel, en sus momentos de ocio y alegría, riega para olvidar el peso de su pasión. Las rosas, rojas como pintalabios de diva, toman la mayor parte del jardín, rodeadas por pequeñas flores que parecen puntillear el paisaje como si se tratase de una pintura de Seurat: azules, verdes, violetas y amarillas, las flores sirven como una especie de acupuntura visual sobre la cual nuestro ermitaño se sumerge en busca de olvido. Hoy, en esta media tarde soleada, con la música de fondo, el coronel se sumerge en su jardín y juega con las flores hasta saturarse de su perfumado cromatismo. Entonces, cansado como está, inmerso en su frustración, cierra los ojos y observa los colores que se impregnan, cual coloridas agujas, contra el oscuro telón de los párpados. Abstracción de un paisaje real, este mundo de párpados cerrados le hace sentirse partícipe de esa escala astral que de chico tanto le fascinó. Ve los coloridos puntos y siente un universo íntimo que parece reconfigurarse con cada pestañeo. Sí: su proyecto, ese proyecto que guarda en pequeñas gavetas, tiene algo de esa demencial escala de risas atroces y galaxias diminutas esbozadas sobre el telón de los párpados cerrados. El coronel construyó un jardín romántico para poder descansar de los tedios de un trabajo que requeriría siglos. El coronel construyó un jardín como se construye una obra, un edificio, un artificioso juguete para su edad avanzada, con la mera intención de relajar los músculos y evitar la memoria acalambrada. Pero ahora, inmerso como está en su íntimo universo de diminutos astros centelleantes, justo cuando parecía que accedería a ese inhumano y universal olvido ha sentido un cosquilleo de la imaginación y ha visto cómo los puntos han comenzado a reconfigurarse sobre sus párpados hasta volver a formar, cual campos magnéticos, el presagio de sus infortunios. Ha creído reconocer, bajo la forma de un retrato puntillista, el rostro de *María la Profetisa,* pero cuando su mente se ha acercado para confirmar el reconocimiento su imaginación ha migrado y con ella los puntos han vuelto a formar otra imagen. Aquella que presenta a su madre, Chana Abramov, tal y como la vio riendo por última vez en plena guerra civil. Pero, como si la eterna migración de los astros no estuviese concluida, ni siquiera el rostro de su ya casi olvidada madre ha tardado en efectuar su metamorfosis hacia algo más. Sin respetar el régimen de las divas, marcando su propio ritmo, el polvo estelar se ha reconfigurado hasta regalarle la imagen sonriente de su apóstol perdido.

En medio de un anacrónico jardín un ermitaño de generosa calva y contados rizos cree ver, en una especie de alucinación alegre, el rostro de aquel al que consideró su adversario de las mil guerras: Maximiliano Cienfuegos. Y de repente, inmerso en su más profana memoria, lo asalta una especie de tardío arrepentimiento: no tuvo hijos. Al coronel la muerte lo hallará sin patria ni hijos. Su herencia es otra: una herencia de divas y proyectos a medio acabar, una descendencia de símbolos escritos sobre pizarras de guerra. No se necesita la medicina para saberlo: la paciencia da frutos pero no produce hijos. Al coronel lo rodea el jardín como la alegoría a Maximiliano: en una especie de laberíntico abrazo que no concuerda con sus respectivas claustrofobias. Y es que nuestro coronel empieza a sentirse un poco claustrofóbico con los ojos cerrados en pleno día, un poco mareado y abrumado por su fracaso biográfico. *María la Profetisa*, diva nonata, lo devuelve a la cuadrícula de su solitaria realidad. Sólo entonces, en medio jardín –él, que nació judío, él, que nació en plena comuna anarquista, él, que nunca profesó religión alguna más que en símbolos– abre lo ojos y piensa en la extensión de su pecado. Maximiliano pudo ser su hijo pero no lo fue, Maximiliano pudo ser su nieto pero no lo fue. Allí quedan las fotos de lo que pudo ser: Maximiliano en Praga, Maximiliano en Lima, Maximiliano en Venecia, Maximiliano en Beijing, Maximiliano en Vigo. Siempre la misma soledad de postales para ser guardadas en gavetas. Y entonces, mirando las montañas en su orgullo blanco, recuerda una vieja fotografía asiática y piensa que todo pudo haber sido distinto pero no lo fue. Nuestro monástico aristócrata sufre uno de sus típicos bajones de media tarde. La nobleza de su azul linaje no se extiende más allá de estas solitarias montañas. Tal vez por eso, por no tener hijos, se vio obligado a volverse múltiple, a mostrarle al mundo los mil rostros de su pasión sin descendencia. Basta: la música corre el riesgo de volverlo sentimental. Y al coronel, a pesar de su patetismo desmedido, las emociones le producen el peor de los pavores: el miedo de mostrarse único.

Sobre una servilleta escondida en una gaveta que no ha visto la luz en casi una década, encontramos los apuntes que el coronel le ha concedido al tema de la genética. Si rebuscáramos sus papeles hasta encontrar esta humilde servilleta –con el logo del Hotel L'Hommage inscrito en color oro–, tal vez entenderíamos un poco ese desdén que parece mostrar hacia los vericuetos de su herencia. Tal vez entenderíamos por qué este hombre, a pesar de hablar francés, no tiene patria alguna.

La verdadera labor ocurre en otro plano y a otra escala. Véase la genética: el hombre se esmera en esculpir su salud, su rostro, su físico en escala humana, mientras desde lejos le llega una herencia trabajada por millones de años. ¡No! La verdadera labor ocurre en otra parte y bajo otros términos. La verdadera Revolución de Copérnico consistiría en darnos cuenta de que la utilidad humana no puede mucho contra la utilidad natural. Hay que entregarse a estas décadas que son siglos que son millares, dejarse llevar por esta corriente astral, amanecer universal. Se lo he dicho a Maximiliano: la vida no es cosa hecha a escala del hombre, sino a escala de estas cadenas de montañas blancas.

El coronel nos nació con una extraña enfermedad que lo condena a ser un verdadero vagabundo. Habrá nacido en México de ascendencia rusa, pero su doble desplazamiento –llamémoslo su doble exilio– lo condenó a una especie de peregrinaje eterno. Por decirlo sin decoro: nos nació sin patria. Y es que su patria, codificada en genes que le vienen de lejos, codificada en pequeñas secuencias que un científico nigeriano decodifica en laboratorios alemanes, la podemos rastrear hasta cada esquina de los numerosos continentes que existen y existieron, por no decir que existirán. Sí, extraña enfermedad que lo fuerza a esbozar la increíble hipótesis de que un rostro siempre carga con las huellas porosas de una prehistoria que recorre los siglos en una especie de delgado hilo de seda que se extien-

93

de hasta más no poder, que parece quebrarse pero que se anuda hasta volverse infinito y perderse entre océanos. El coronel no tiene patria. Su patria es el doble exilio que le otorgó el globo entero, la brisa suave que en plena frustración le devuelve la simpatía de una rosa.

Alguna vez, un periódico francés, al enterarse de su decisión monástica, publicó un artículo en el que se refería a su retiro como si se tratase de una traición a la patria: la nación no podía darse el lujo de perder a uno de sus genios a los laberintos de la locura. Menos en estos tiempos, comentaba el artículo, en los que la academia parecía perder el ímpetu de sus pasados años de gloria para llenarse de lo que llamaban, no sin cierta ironía, burócratas de la cultura. Maximiliano subrayó, con líneas rojas, las partes del artículo que se referían a los logros del coronel y añadió una breve nota que se limitaba a decir: *«Tal vez la patria te haga salir de tu escondite...»* La respuesta del coronel no tardó en llegar, siempre cargando su ironía propia, siempre cubierta de esa estética de postal que había adoptado a través de los años, siempre hechizada por una prosa distraída que en dos golpes parecía olvidar el tema de las cartas. Sí, allí estaba la respuesta de coronel como un golpe sobre la mesa: *«Mi patria es ésta entre muchas...»* Había recortado otra noticia, aquella que representaba un terremoto sobre la Ciudad de México, la Facultad de Ciencias en media ruina, las calles un poco nubladas por los polvos de un cataclismo sin fin. Ahí, en ese baile de puntas, cual boxeador en la plenitud de su carrera, el coronel, sin aceptar dar explicaciones, demostraba nuevamente que su decisión monástica nunca fue un escape sino un regreso, una especie de doble gesto que le entregaba su pasado intacto.

94

Nuestro coronel, este mismo hombre que ahora se limita a mirar una rosa con la más sencilla de las miradas, fue el más contemporáneo de sus contemporáneos: su destierro lo volvió omnipresente.

Habrá sido el más contemporáneo de sus contemporáneos, pero este hombre, el mismo que ahora camina hasta el tocadiscos y pulsa pausa de modo reflexivo antes de tomar en mano un disco de *Vinicius de Moraes*, este hombre de anteojos redondos y andar encorvado, nunca tuvo hijos. Y ahora que, incapaz de dar a luz a la segunda diva alquímica, ahora que, incapaz de aceitar su potencia biográfica, ha visto el rostro de su madre mezclarse con aquel de su último discípulo, la realización le ha llegado clara: la suya será una religión de un solo hombre, una religión sin descendencia ni posteridad. Y ha recordado, brevemente, la fotografía que tenemos en el archivo: aquella que lo ubica en sus años mozos, dueño de un aura de contracultura, rodeado por lo que pareciera ser una extraña y sectaria mezcla de hippies y monjes. Ha recordado, tocado por el sentimentalismo que le llega con los primeros acordes del nuevo disco, el rostro de esa mujer de fisionomía enigmática que aparece en media foto y a su mente ha ido a parar, en una especie de *déjà vu* cansado, una extraña imagen. Ha imaginado este rostro dibujado sobre una manta que muestra un hilo suelto y se ha visto vuelto niño mirando el hilo, jalándolo hasta que empieza a ceder y con él el rostro deshaciéndose en una catástrofe de costuras sueltas. Retrospectivo deshacerse de fibras que justo cuando parece convertirse en algo parecido al amor, se distrae hasta regresarlo a la infame ecuación:

$$f_! = \sum (-1)^i R^i f_* : K_0(X) \to K_0(Y)$$

¿Entonces la amó? El coronel huye de su pasión con la misma energía con la que un mimo esboza muecas sobre un espejo. Así que la amó. Asumamos que la amó hasta que, como pide la justicia y la matemática, se demuestre lo contrario. Hagámosle justicia a este coronel sin tiempo, a este mimo de los mil rostros que ahora vuelve a poner el bolígrafo sobre el papel para luego retraerse incapaz como es de esbozar el nacimiento de la más arcaica de sus divas. Rindamos justicia a este Abraham sin Sarah, a este ermitaño de risas solitarias que al parecer por lo menos estuvo muy cerca del amor aun si no amó, muy cerca de una pasión abstracta aun si no actuó, muy cerca de una salvación que se le fue alejando de a poquito en un nostálgico andar de cangrejo. En un golpe de ansiedad la realización ha terminado por revolverle el estómago. Hemos escuchado el rumor de sus tripas, la ansiedad de sus pasos y el cerrarse de la puerta del baño. Justo cuando empezamos a desenredar el hilo de su pasión, el coronel, cangrejo de mil piernas, decide esconderse en su último bastión privado.

IV

A este coronel sin patria lo hemos cercado hasta forzarlo al último de sus escondites. Sitiado, enfrentado a la inagotable vigilancia de su propia culpa, ya sólo encuentra paz en un último refugio: un baño de azulejos elegantes con bellos y coloridos arabescos que lo regresan a su tan ansiada serenidad de orden. Allí va a parar cuando, guiado por una culpa interna que de a poquito le come los intestinos, impulsado por la ecuación de una nostalgia, presiente finalmente el asedio de sus eternos fantasmas. ¿Es nostalgia lo que vive el coronel? Sólo si se entiende por nostalgia el presentimiento y la ansiedad de que las fantasmagorías del pasado, proyectadas sobre una pantalla de futuro, le acechan a uno los pasos. De pequeño lo recordamos corriendo por su primera casa mexicana, jugando al escondite ante un panorama de volcanes sobre el cual su padre trazaba las ilusiones de una utopía azteca. Utopía americana, deberíamos decir: ilusión de llanuras que se extienden hasta el mar en una tierra que de a poco temblaba como en una sencilla declaración de carácter. Los años, que ya son muchos, no le han quitado esta pulsión inicial de privacidad. Ahora que finalmente escapa a nuestra vista, ahora que finalmente sus fantasmas lo han empujado hasta el límite de lo visible, nuestro aristocrático monje vuelve a declararse un ser moral. Sí, la amó. Y, como en todo amor, tomó una decisión. Vivir con esta decisión ha sido su travesía de las mil guerras. Y ahora que, un poco ociosos y sin rostro al que enfocar, cansados y a la espera de que nazca esta diva de mil nombres, nos limitamos a merodear por la puerta de baño, nos decimos: somos su culpa tal y como él fue la del siglo, su conciencia moral en tiempos en los que la propia palabra, *moralidad*, sonaba terriblemente anacrónica. Por más que intentó, por más que se escondió detrás de las mil caras de la ironía, el coronel no pudo escapar al terror y la nostalgia de un juicio final.

En una de las postales que le envío a Maximiliano en los comienzos de su colaboración, se encuentra una intuición que nos parece ahora pertinente. Escondida entre sinsentidos y ecuaciones, encontramos una observación crítica: «*Sabes, Maximiliano, que ese Ronald Reagan, hombre de mil facetas y apuesto andar, ilustre presidente de los Estados Unidos, antes de triunfar como actor, tuvo el trabajo más interesante: era narrador de juegos de football americano. Lo extraño, lo magnífico, Maximiliano, y aquí está el punto de la anécdota, es que este futuro presidente no veía lo que narraba: simplemente recibía los datos sueltos como cuentas de un rosario cuya totalidad desconocía, datos sueltos de un espectáculo que no veía pero cuyo tono imaginaba en una especie de broadcasting para ciegos. Nuestro proyecto es un poco así. Un broadcasting de un siglo sin testigos, una especie de narración a ciegas de ese baile de locos. Así que aprende a narrar sin ver.*» En su momento, al recibir la carta, Maximiliano la leyó, contempló su pasado como locutor de un programa estudiantil de fútbol y luego se limitó a convertir la postal en avioncito y a lanzarla volando por los aires vertiginosos de una casa vacía.

Los placeres de los vuelos ciegos.

Justo cuando la historia parece premiar nuestra paciencia con la primera cuenta del rosario de esta vida en pasión, nuestro protagonista se retrae para postergar el juicio. Al coronel no le gusta verse juzgado. No le gusta sentir que lo miran moralmente, que exploran ese enigmático algo que esconde detrás de montañas de horas destinadas a trabajos inútiles. En sus años parisinos, mientras dedicaba madrugadas enteras a la confección de sus marionetas, al coronel siempre le fascinó la imagen de esos recolectores de basura que a tempranas horas de la mañana, siempre al borde de la invisibilidad, se dedicaban a recoger objetos inútiles para llevarlos a un cementerio digno. Ahora, entregado como está a su pacífica vejez, le provoca pavor el que alguien rebusque entre sus memorias privadas en busca de aquella que, cual campo magnético, determina la dirección de su vida en memoria. A media tarde, cuando ya el cansancio empieza a destruir la idea de que los días son eternos, el coronel se retrae dentro de su malestar gastrointestinal, dejándonos fuera de su secreto. A nosotros nos queda la imposible tarea de transmitir en vivo una vida que no vemos.

Durante los largos días de su insomnio alcohólico, Maximiliano solía recordar la única anécdota de Chana Abramov que el coronel había escondido entre sus postales: una imagen de la memoria que ubicaba a su madre en pleno jardín mexicano pintando una y otra vez la imagen del volcán Iztaccíhuatl. Maximiliano, en los años de su desespero, podía pasar horas con la mirada perdida en un vaso a medio beber, con la esperanza puesta en la repetitiva anécdota de los paisajes monumentales, recordando lo que el coronel le había dicho sobre la estrategia de su madre. La obsesión volcánica de Chana Abramov escondía los trazos de una estrategia óptica detrás de la cual él lograba escuchar los rumores de una filosofía. Maximiliano, en su cinismo cansado, en su guerra imposible, había terminado por llamarla la ilusión del héroe: se trataba de un método mediante el cual pintar el mismo volcán mil veces sin perder la ilusión de novedad. Chana Abramov, la antigua actriz vuelta dibujante, solía pintar una serie de héroes de la Conquista sobre el solitario paisaje del volcán. Aquellas figuras, desperdigadas sobre el escenario de la catástrofe, le regalaban la energía necesaria para olvidar su rutinaria labor. Más tarde, con el cuadro terminado y las figuras históricas entregadas a su falsa épica, ella se encargaba de quitarlas del cuadro a puro pincel, dejando el volcán en su soledad natural como sensato dueño de aquel paisaje que según ella no le había sido dado al hombre sino a la naturaleza. Todos los cuadros terminaban por reproducir la misma escena. Ahora que nuestro protagonista ha desaparecido detrás de una puerta de baño y que este nuevo Maximiliano parece reproducirse sobre una alucinante cartografía de risas y postales, recordamos la pasión de Chana Abramov y su tierna locura de mil volcanes.

Pareciese como si nosotros también hubiésemos caído bajo la ilusión del héroe. Súbitamente, la obra teatral nos muestra un escenario vacío. Los únicos dos actores, maestro y discípulo, han desaparecido de escena. Sólo entonces notamos cuán extraño es que todo ocurra aquí, en la blancura de estos Pirineos con sus plácidos aires de jardín romántico, en medio de estos aristocráticos muebles, inmersos en esta atmósfera cobijada con su melódica música de fondo. Tan extraño que todo ocurra aquí donde no parece ocurrir nada, donde todo parece ocurrir sin consecuencias en medio de un paisaje de lujo. La pasión del coronel se asemeja a veces a la más cómoda almohada. Y es que por momentos la tentación del sueño parece acecharnos, pero entonces sentimos la necesidad de seguir la anécdota hasta sus consecuencias finales, tal y como la siguió Maximiliano. Empalagarnos de tedio a la espera de que nazca la segunda diva, degustar el aburrimiento hasta que el coronel decida volver a mostrar su rostro. Necesitamos aprender de Chana Abramov. Ubicar nuevamente las figuras de los héroes sobre esta épica de títeres y seguirle los pasos a una historia que crece como un volcán. Sí, la amó. Esta afirmación trae consigo consecuencias.

El día que Maximiliano recibió la postal con la infame ecuación supo que su paciencia finalmente pagaba: obtenía, en una especie de pago largamente postergado, el poder de un siglo de trabajo. Miró la ecuación tres veces y comprendió: el coronel, a sabiendas de que la vida se le apagaba de a poquito, le regalaba la clave íntima de una obra que ahora podía ver con ojos distintos. Entonces tiró la postal entre un desorden de libros y se dedicó –con el mayor de los entusiasmos– a revisar las tesis de la *Diatriba,* hasta que comprendió que se hallaba ante una obra escrita en clave íntima. Lo que alguna vez le pareció la pretensión del coronel, su arrogante ambición, se le mostró

103

finalmente en su verdadera humildad de pequeñas risas, escrita a escala del hombre y no de los astros, en una especie de largo pergamino que no era sino una sencilla confesión de culpa. Sonrió entonces con ternura, mirando la fotografía de ese hombre ya mayor, de ese anciano con gafas de sol y camiseta sin mangas, antes de decidir que ya era hora de partir. Maximiliano, viendo que la ecuación era en sí un llamado a la acción, retomó su juventud en el instante en que, como el oso después del invierno, se presintió listo para ejercer el poder de su alegría.

Partió entonces: dejó que su alegría se difumase sobre una cartografía cosmopolita. Es tal vez en ese momento cuando comienza nuestra verdadera historia. Precisamente porque es en este momento, con este Maximiliano finalmente libre, finalmente sin patria ni culpa, finalmente eximido de su labor matemática, cuando la historia empieza a desenrollarse como si se tratase de un yoyó en mano de un niño malcriado. Recordamos brevemente lo que el propio coronel escribe sobre este complicado tema en su *Diatriba:*

> La historia tiene algo de montaña rusa. Sí, Maximiliano, también de vértigo. Y es cuando estamos en la cúspide cuando sentimos la más terrible ansiedad, pues la energía en potencia alcanza su plenitud, sólo para luego dejarse caer y volverse gritos, llanto, alegría que se desparrama sobre el mundo. La historia tiene algo de anécdota que nos cuenta un borracho de lengua suelta.

Tal vez nuestra historia sólo comienza entonces con el momento en que Maximiliano se deja ir, se abalanza sobre el mundo como turista en misión secreta. Tal vez sólo entonces, en el alba de su vejez, Maximiliano se mira en el espejo y reconoce –en las arrugas ya visibles y en la calva que se insinúa– la energía almacenada por los años que ha pasado en un insomnio alcohólico del que sólo ahora se levanta, dispuesto a retomar el bastión de su juventud. Buenos Aires, San Juan, Beijing, Moscú: la lógica de sus viajes se retrae detrás de una misión cuyo verdadero rostro desconocemos. Tal vez nuestra historia sólo comienza aquí porque la solución no era en este caso el fin sino el comienzo, la pieza ausente en este ajedrez enigmático que dos hombres jugaron por décadas en silencio y sin aceptar testigos, hasta que cansados por una derrota mutua decidieron derramar las piezas sobre el mundo.

El coronel habrá creado una obra en una especie de ejercicio de olvido, habrá propuesto proyectos con la pasión del mejor sepulturero, pero se ha encargado de dejar huella de esa su pasión alquímica a través de su recorrido. Y ahora que nos movemos, ociosos y pacientes, por su tranquilo hogar, a la espera de que salga del baño y reconozca su culpa, nos decimos: si realmente quería enterrarse vivo con el olvido a cuestas, ¿por qué entonces dejar esa fotografía a plena vista? ¿Por qué dejar el rostro –los ojos achinados y el pelo largo– allí visible cuando sabía que Maximiliano podía exponer la lógica de su pasión? Comprendemos entonces que entre las mil caras del coronel hubo una que lo traicionó, un rostro que se empeñó en mostrarse testarudamente humano. Es éste el rostro que perseguimos. Mirando la fotografía que ahora vuelve a resurgir del archivo, observando a la mujer que ahora creemos distinguir, nos preguntamos si realmente quiso el puro olvido o si acaso fue ésta una última estrategia para lograr esa posteridad que de a poco se le escapaba. Y mirando el rostro con los ojos achinados no nos queda aún claro si realmente se trata de una mujer asiática o de alguien más, tal vez una mujer de rasgos indígenas que encontró en la guerra una forma de apaciguar sus ansias de ver el mundo. Tal vez, por el contrario, se trata de un rostro soviético que escondía la risa de una herencia inconclusa. La mujer esconde su identidad con la misma furia con la que el coronel asume sus máscaras. Más aún, si la amó, ¿entonces por qué esta soledad de postal con sus pinos nevados y caballos sobre llanos verdes? Si la amó, ¿por qué entonces este nudo que se empeña en volverse más complejo tan pronto intentamos indagar su origen? La verdad es que lo que nos queda es la fotografía en su opacidad indescifrable, las postales que constituyen la obra invisible y secreta, la figura de Maximiliano en plena fuga y la presencia desconcertante de una diva que se niega a nacer. Y sin embargo allí está la fotografía como evidencia de un encuentro que ocurrió dentro de la atmósfera de una época: el coronel entre un grupo de hippies y un monje, una niña de tez oscura con trenzas rastafaris, una atmósfera un poco falsa pero muy de época. Allí está la fotografía como evidencia de que por más que intentó evitarlo, el coronel acabó por coincidir con su época en un inocente gesto de la más simple creencia. La fotografía lo condena a asumir el rostro de su culpa.

Aun así lo primero que le choca a uno de esta fotografía es la atmósfera politizada sobre la cual de repente parece emerger el coronel. Sin avisar, el coronel toma sus pizarras negras, sus tizas y sus libretas, y se abalanza sobre una guerra –Vietnam– que no le pertenecía en sentido patriótico alguno. Él –mexicano, francés, ruso–, que había pasado el mayo francés de 1968 en su oficina de la facultad, inmerso en cavilaciones que poco tenían que ver con lo que luego sería su obra política, él, que había negado rotundamente la herencia anarquista de su padre Vladímir Vostokov. Ese mismo niño que había cruzado la frontera escapando de una política que todavía no entendía, que había imaginado la política como algo más, como un acto de funambulismo en media ciudad. Él, el mismo coronel de las manos chicas y el pelo lacio, parece haber visto, en un extraño instante de ocio, las protestas de la guerra por televisión y haber sentido que la matemática, su arma secreta, pertenecía también allí, en ese extraño ritual de huelga sobre el cual se mezclaba el más sincero activismo con la más juvenil inocencia. Pero aun así –hay que decirlo– lo del coronel es bellamente absurdo. Él con su puñado de estudiantes en plena guerra, con las detonaciones a su alrededor, trazando ecuaciones, no por falsa filantropía pues no eran ecuaciones útiles en sentido alguno sino ecuaciones puramente inútiles, matemática para expertos, matemática para un puñado de hombres igualmente inútiles pero en cuya inutilidad el mundo recibía una belleza extraña, un instante de gracia en medio de las serpentinas y explosivas locuras del fuego.

El placer del desconcierto.

La fotografía está ahí para demostrarlo: no todo en la vida de nuestro monástico aristócrata fue irónico. Detrás de las mil caras se esconde un rostro finalmente idéntico a sí mismo, especie de máscara final detrás de la cual no hay más que una inocente y sencilla fuerza vital. Aun así, la fotografía guarda cierto aire falso, un pequeño desliz dentro de sí misma, cierto aire de pose muy de época. Y es que aun cuando una tierna mirada de ojos achinados parece posarse sobre sus hombros, el coronel parece mirar hacia un más allá que no existe, inmerso en cierto espiritualismo ya caduco. Así, con el pelo completamente rapado, inmerso en su aura hippie, el coronel parece tomar la postura de un dandy que posa para la posteridad de una cámara futura. Y sin embargo, si la fotografía miraba a un porvenir lejano, ¿por qué entonces esta soledad de proyectos inconclusos? ¿Por qué esta vejez con su soledad impuesta en vez de la rutinaria compañía? La fotografía nos muestra la clave de una de las múltiples paradojas de esta su vida en pasión: la disyuntiva entre la vida privada de este coronel sin patria y su torpe imagen pública. En ningún lugar queda más clara esta visión paradójica que en el artículo que el periódico francés le dedicó a su prematuro retiro. Allí, en medio de los elogios y de los lamentos, el periodista esboza una pequeña silueta caricaturesca del coronel: «*Los que lo recuerdan de la facultad tal vez guardarán la imagen de un pequeño hombre con la calvicie a cuestas, siempre torpe en su perenne meditación, siempre un poco al borde del colapso neurótico, distraído y de mirada gacha, terriblemente tímido pero con aires de genio acompañándolo hasta en sus más torpes ocurrencias.*» Nos choca entonces el contraste entre esta imagen pública del matemático y su torpeza y el coronel que encontramos en la fotografía, un hombre de amplia quijada y mirar profundo, de sosegada presencia y aires de nobleza. Tal vez su tardío regreso al campo de batalla, ese regreso a sus terrenos de infancia –la memoria del ideal utópico de Vladímir Vostokov, la nostalgia de las nanas de Chana Abramov–, fue a su vez un regreso a una confianza que había perdido al perder la tierra natal. Sólo la guerra y tal vez el amor le regresaron al coronel su antigua confianza con la cual años antes había cruzado entre dos iglesias en plena cuerda floja. Y ahora que lo escuchamos moverse dentro del baño, bajar la cadena y abrir el agua, escondido en su último refugio, ahora que pasan los minutos y el coronel se niega a salir de este baño que de a poco se le convierte en precoz cárcel de una memoria inquieta, nos decimos: su vida tenía que cruzar la ironía pura para emerger del otro lado de la creencia. Temerosos de caer dentro de los vericuetos sentimentales del coronel, nos limitamos a escuchar el correr del agua.

Escuchamos algo: el coronel parece haber prendido la ducha en un intento por lavar las culpas de una memoria que se niega a desaparecer. Aunque él no lo sepa o se niegue a aceptarlo, la luz fotográfica siempre lo regresa a un estado de temprana adolescencia. En su caso, siempre se trató de una memoria casi muscular: la práctica de situarse frente a la cámara, de tensar los músculos faciales –la boca, las mejillas, los ojos– siempre lo regresa a esa primera fotografía que le tomaron a su llegada al frente de guerra en San Sebastián. Presiente, sin recordar, la extrañeza con la que su padre se paraba frente a aquel aparato desconocido, los brazos cruzados y la mirada un poco perdida, las manos sujetando esa pequeña libreta que siempre llevaba a todas partes y que meses más tarde un hombre le entregaría repleta de barro. Presiente, sin imagen o con una imaginación muy débil, la voz de su padre llamándolo y él acercándose a su madre con la más tierna timidez, abrazándola un poco y sonriendo fríamente para ese aparato que no tardaba en disparar luz como si se tratase de una fulminación múltiple. De esa primera vez le quedó el eterno disgusto, el terrible sinsabor de no saber qué cara había puesto en el preciso instante del disparo, igual que nunca supo con qué cara murió su padre. Y ahora que desde lejos podemos escuchar el agua correr en medio de sus cantos, nos decimos que algo así debió sentir el día que le tomaron la infame fotografía, pero que, por alguna razón, ese día su rostro coincidió con aquel que había imaginado: la torpeza coincidiendo finalmente con la profética imagen de confianza futura. A veces, el recuerdo le llega finalmente puro. Entonces ve, entre la memoria de divas que nunca conoció, el rostro de su padre empuñando un lápiz sobre la pequeña libreta, las uñas sucias y el aliento cansado, escribiendo los pequeños aforismos que luego leería sin saber que su propio hijo los leería en pocas semanas. Recuerda uno en especial que mencionaba el aparato fotográfico: «*Esta guerra es algo nuevo, una especie de evento creado para que ese ojo mudo lo retrate con su testaruda y tonta mirada. Esta guerra está hecha para que las cámaras nos regalen futuros. Así que hay política en la sonrisa.*» Volvería a recordar este extraño aforismo de su padre el día que en pleno Museo de Historia Natural un ingeniero le comentó, hablando de cámaras, que un tal Étienne-Jules Marey inventó, en pleno siglo XIX, una especie de pistola vuelta cámara para fotografiar, en instantes sucesivos, el aleatorio vuelo de una paloma. Las sonrisas del coronel, mosaico fotográfico de una realidad confusa, le vienen de lejos: su herencia es un mosaico de torpes poses.

Escuchamos algo: el coronel parece cantar en la bañera. Su voz recuerda la gimnasia de las mejores voces, la vibración del mejor tenor. No podemos distinguir la letra, pero sí logramos percibir la vibración melódica que recuerda al mejor Enrico Caruso en plena *Ópera Metropolitana*. La

110

bañera le sirve de relajación y de estudio, allí nuestro anacoreta practica un régimen espiritual que es a su vez una
especie de régimen marcial, gimnasia de memorias breves
que terminan por convertirse en unos ejercicios espiritua-
les que recuerdan los del ya casi olvidado San Ignacio de
Loyola. Como el de Loyola, un accidente le impuso a este
cómico una conversión que lo llevó del aula a la guerra,
pero que terminó por esconderse detrás de las vibraciones
de una simple ecuación:

$$f_! = \sum (-1)^i R^i f_* : K_0(X) \to K_0(Y)$$

Su canto, en lengua indistinguible, esboza las curvas
de esta ecuación que es a su vez la ecuación de su alegría, de
su culpa y de su olvido. Saúl, vuelto Pablo, decidió esconder el secreto de su visión detrás del monumento religioso
de una iglesia. Nuestro coronel, tímido en su arrogancia
pudorosa, prefirió esconder su culpa bajo horas y horas de
un trabajo que a primera vista parecía ridículo e inútil
como estos cánticos que ahora parecen tomar cierto ángulo monástico, pero que rápido regresan a sus tonos más
alegres. Y ahora que miramos la ecuación y vemos la puntuación alucinante, la saturación simbólica con su aura de
misterio y burla, notamos que en algún momento el coronel debió haber entendido que se le acababa el tiempo.
Esbozó entonces una última risa para Maximiliano.

El periplo de Maximiliano fue también una travesía por
un río de sonrisas: lo interesante es que en el pasaporte que
sirve de registro para su periplo, ese pasaporte mexicano
de tapas oscuras con el águila devorando la serpiente, la
fotografía no muestra una sonrisa. Maximiliano, el que en

su vejez solitaria decidió adoptar una levedad irresponsable, se muestra allí con su más solemne rostro: rostro de testaruda creencia, rostro de pasión indomable, rostro de hombre en misión. Rostro de aquel que imita, todavía con cierta ironía, la pose de los héroes de una revolución cuyo ideal ya terminaba de petrificarse sobre ruinas de postal: el pasaporte lo condenaba a exhibir su rostro de mural. E imaginamos: Maximiliano frente al empleado que le tomaría la fotografía, siempre tímido pero esta vez decidido a exhibir un misterio, esbozando las posibles rutas de una misión cuyo fin desconocía, reflexionando sobre lo que el empleado acababa de decirle: *imposible sonreír, el pasaporte requiere que el ciudadano no sonría, cuestiones de reconocimiento.* Extraña práctica la que prohíbe exhibir una sonrisa en el pasaporte: como si la sonrisa nos volviese otros, nos volviese muchos, camaleones de la alegría. La verdad es que independientemente de la sonrisa que nos muestra, detrás de la solemnidad de Maximiliano, inscrito sobre ese mismo rostro de rojizas mejillas y perfil achinado, está la alegría latente que terminaría por convertirlo en una especie de lazarillo en alocada misión. Allí encontramos esa alegría que lo impulsaría en un eterno periplo de fronteras nunca antes imaginadas, que lo forzaría a rellenar las páginas del pasaporte con estampas de entrada y de salida como si se tratase de una juguetona colección de logros mínimos. Y, durante todo este tiempo, lo podemos imaginar con la mitad de la correspondencia a cuestas, con la ecuación ya casi memorizada, los signos que a cualquier otro le parecerían absurdos pero definitivamente no a él, que había pasado años esperándola en una especie de entrenamiento moral, cruzando fronteras imposibles, preparando ese acto final con el que le regresaría al coronel la imagen de su desconcierto. El periplo de Maximiliano, aquel que termina por desarraigarlo de su patria, de su familia y de su trabajo, verdadera liberación de su precoz aburguesamiento, ese viaje de mil aristas que le regresa su juventud militante, termina por convertirlo en un retratista de corte.

Para Chana Abramov la guerra fue un hipnotismo desencadenado por el súbito flash de una cámara que nunca logró localizar. Ella, la misma actriz que había actuado en un drama de espíritus y luto, cruzó la guerra envuelta en una pálida nube amnésica, con el caballete siempre enfrente, pintando los mil ángulos de un mismo paisaje volcánico al son melódico de nanas rusas cantadas sobre un escenario vacío. Su demencia fue sin embargo una demencia alegre en su minimalismo. Ahí están los lienzos para demostrarlo: el mismo paisaje volcánico que poco a poco, con el desvanecimiento de la memoria, se iba volviendo más y más sencillo, menos figurativo y más abstracto, que pasaba de ser el reconocible volcán de sus años mexicanos a ser apenas una colección de puntos verdes sobre un lienzo blanco, en una catástrofe de la imagen de la cual sólo se salvaba el color como una ruina póstuma. Y de repente un día, cuando ya los lienzos se acercaban al límite absoluto del blanco puro, Abramov se levanta:

No: el primer paso es un retrospectivo retraerse, una meditación pasiva que vuelve más potente el regreso. El fenómeno es natural en el más profundo de sus sentidos. Observemos al oso, observemos al león: duermen por años con la única intención de concentrar sus energías en una única y espectacular muestra de su poderío. Obsérvese al

César dormido, descansando en su aposento de lujo, en
espera del día que le toca llamar a guerra. Hay que llevar
la entropía hasta el límite de lo posible, jugar con el equi-
librio absoluto, para luego actuar finalmente: entrar en
el panorama con un gesto absoluto.

Las palabras del coronel nos ayudan a entender ese
instante en el que su madre, especie de oruga en plena
metamorfosis, se levanta de su insomnio y finalmente
mira el mundo con los ojos de una infancia despavorida,
con los ojos de quien apenas se levanta de un instante de
flash que sin embargo duró años, dispuesta a entrar en la
realidad con la más precisa de las urgencias y el más utópico de los gestos.

Y así, en medio de un alucinante invierno francés, el coronel abre un día la puerta y se encuentra de frente el rostro
de una mujer ya mayor, arrugas en el rostro y sobre los
ojos, rasgándolos con carácter, las patas de gallina. Y él,
que siempre sufrió de esa extraña enfermedad de aún más
extraño nombre –*prosopagnosia*– que lo incapacitaba para
el reconocimiento, que jugaba a volverle anónimos los
rostros, él, que siempre tuvo problemas reconociendo la
realidad sin abstraerla, se paró frente a ella, miró las arrugas ya visibles, pensó en esa extraña amalgama de formas
que se concentraba sobre los ojos –especie de alambre de
púas para la memoria– y se imaginó trazando la ecuación
de su locura: el rostro de su madre le salió al paso, reconocible y avejentado, hablando un idioma que hacía años él
había olvidado. Sí: al coronel la realidad se le viene encima de a momentos, según las cuentas de un rosario que él
desconoce pero cuya existencia presiente. Ahora que po-

demos acercarnos nuevamente a sus documentos, revisarlos con ojo avizor, podemos distinguir, entre los garabatos con los que el coronel adorna sus papeles, uno que capta la atención y que nos devuelve la imagen avejentada de Chana Abramov. Es una especie de espiral continua, figuración del alambre de púas con sus punzantes puntos densos, especie de piedad enredada:

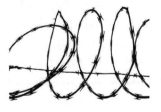

La pasión del coronel es algo así: uno de esos alambres de púas sobre los cuales de repente se posa una paloma. Extraña forma de la piedad que exhibe su fragilidad sensata, que vuelve siempre sobre sí misma hasta enredarse y tropezar. Como ahora que, incapaz de cortar el cordón umbilical de esta penúltima diva en pasión, el coronel se entrega al agua como al más sencillo de los placeres. El alivio de la cascada en plena jungla, del paisaje de postal que parece rodearlo: los cánticos del coronel lo regresan a la más cómoda infancia sobre la cual, sin embargo, se extiende un elusivo malestar. *Belly Bottom, Ombligo, Пуп, קִיפּוּס:* el coronel intentó negar su cicatriz más fundamental, su ombligo, procuró trazarse anónimo y sin herencia, pero su origen parece cercarlo por todas partes, en alucinadas espirales que se niegan a detener su periplo. ¿En qué idioma narrar los vericuetos de su decisión monástica? Y mirando las púas, esos puntos que de repente parecen imitar pequeñas explosiones astrales, recordamos los achinados ojos de Chana Abramov, la discrepancia entre la amalgama de

115

arrugas que recogían sus ojos y la explosividad de su temible contemporaneidad, la forma en que se levantó de su largo insomnio dispuesta a ser partícipe de una historia que se le escapaba. Ella, que, sin saber dónde había encontrado la dirección, un día se plantó enfrente de la casa de su hijo, dispuesta a retomar lo que era suyo, dispuesta a reclamar su herencia si no hubiese sido por un detalle mínimo: cruzar la guerra la había regresado a una infancia en la que la única lengua era el ruso de su infancia. Así que allí estaban, ella y él, madre e hijo, sentados uno frente al otro en un cuarto repleto de pizarras negras, con una grieta en el lenguaje abriéndose entre ellos. Ella, que lo había olvidado todo excepto el ruso, que había finalmente logrado olvidar el volcán que durante tantos años la acechó, ella, que escapó de su locura con una carga leve: apenas una pequeña libreta de aforismos y una temible voluntad de activismo. Recorremos la vida de esta Chana Abramov como se recorre un alambre de púas, como se recorren las ruinas de un campo minado, siempre con la expectativa puesta en encontrar la mina cuya explosión se lo traga todo en un instante. Todo menos el ocio con el que el coronel canta ahora en su bañera francesa, entregado a una alegría que se enreda hasta más no poder y luego explota en pequeños fuegos artificiales, herederos de las púas sobre las cuales la guerra encerró a los suyos.

Un día su madre toca la puerta como si nunca hubiese estado ausente, lo saluda efusivamente y se sienta en el sofá a descansar de su insomnio de guerra. Su hijo, ya para ese entonces un pequeño coronel en formación, un matemático en plena ebullición de genio, rodeado de marionetas con rostros dispares, mira desconcertado a esa mujer de pelo encrespado y mirada profunda que ahora comienza a hablar en una lengua que en un pasado juró olvidar, en esa lengua de nanas que de repente lo regresa a los campos minados de un paisaje vasco. Chana Abramov se levanta de su insomnio de guerra con una especie de afasia que la regresa a su infancia. Amanece un día hablando solamente ruso. Él, que siempre se creyó sin herencia, de repente se encuentra con esa madre sentada en plena sala, hablando un idioma que él había olvidado a fuerza de convicción, dispuesta a reinsertarse en ese siglo cuyo principal evento, una guerra en la que los suyos fueron los principales perseguidos, nunca vivió, encerrada como estaba en un sanatorio español. La mira una y otra vez hasta que el rostro se vuelve terriblemente reconocible, silueta de una memoria de infancia, y se limita a dibujar, sobre una pizarra negra, el primero de los garabatos que a través de los años irá modificando inconscientemente hasta terminar con esa especie de alambre de púas cuya ecuación persigue. Dibuja ese garabato y se sienta a continuar su labor matemática, hasta que un día llega y en medio de ese hogar que tenía ya algo de laboratorio simbólico, rodeado como estaba por pizarras negras repletas de las más diversas e ilegibles ecuaciones, se encuentra a su madre que observa la televisión. Imaginemos la sorpresa y la ansiedad de este coronel sin guerra en el momento de descubrir a su madre, aquella que creyó haber perdido, en plena sala con ese extraño aparato prendido, mirando un documental sobre ese mayo francés cuya existencia él se dedicó a obviar. De repente la imagen lo asalta con el poder que luego asignaría a las postales: su madre rodeada por pizarras negras, viendo un documental sobre el mayo francés, con las imágenes de los franceses, estudiantes y obreros, protestando en plena calle, los murales repletos de frases que

117

hasta entonces siempre le parecieron tontas o ingenuas, la policía en su intento por disolver las multitudes. Su madre, que ni siquiera hablaba francés, con la mirada juvenil de actriz en reposo, mirando ese torrente de imágenes que ahora caían sobre la pantalla en la más refrescante de las cascadas visuales. Ya no las calles francesas sino carteles de las huelgas americanas, los policías en California arrestando a un grupo de estudiantes vestidos con insignias hippies. Más lejos aún, ya no el mayo francés, sino un octubre mexicano vestido de esperanza olímpica sobre el cual los policías se abalanzaban en ataque a un grupo en protesta, la Masacre de Tlatelolco en plena pantalla. Ya no las pizarras repletas de símbolos sino esa especie de locura histórica que se negaba a traducirse a una sencilla ecuación. Debe haber sido entonces, mirando el rostro de su madre que súbitamente retomaba el aura juvenil de sus años de actriz, cuando el coronel decidió escoger su guerra. Tal vez fue entonces, con las imágenes de la violencia mexicana inundando la paz de su hogar, cuando se entregó al proyecto que al cabo de dos meses habría de posicionarlo en Vietnam, junto a un grupo de activistas hippies en una fotografía que parece esconderse detrás de los vericuetos de otra pasión de guerrilla:

$$f_! = \sum (-1)^i R^i f_* : K_0(X) \to K_0(Y)$$

Para ese entonces no había ni ecuación ni culpa, mucho menos la ecuación de la culpa. Sólo su madre, que había vuelto justo cuando ya todo parecía caer en orden, su madre, que regresaba dispuesta a retomar los años perdidos pintando el mismo volcán. Tantos años protegiéndose de la realidad mediante sucesivas capas simbólicas para que de repente la realidad le estallase de frente con la fuerza del gesto más sencillo: el gesto manual con el que su madre prendía el televisor todos los días y de repente lo rodeaba de noticias que le venían de todas partes, que parecían rodear su soledad numérica hasta invariablemente distraerlo, todas noticias de guerra que sin embargo parecían perderse sobre un mapa que nunca imaginó hasta verlo trazado sobre ese televisor que lo regresaba al nomadismo de su ya sepultada infancia. El coronel nunca tomó conciencia de su periplo hasta verse reflejado en los circuitos de una guerra invisible que parecía ser la suya sin serla.

No olvidemos. Aquí la cuestión es muy sencilla: un hombre que ya se acerca a la vejez absoluta –a esa que o se la acepta con media sonrisa o se batalla hasta el fin– toma un baño en lo que parece ser una mansión blanca en plenos Pirineos. Muy lejos de la guerra y con calefacción incluida. Lee libros –uno sobre toreros enanos, otro sobre la monarquía española en el Siglo de Oro– mientras se dedica a esbozar las vidas de un grupo de divas alquímicas. Tampoco es de olvidar su ocio ni su gula, la forma en que distribuye su vida entre una serie de placeres mínimos. Matemático vuelto coronel vuelto historiador vuelto ermitaño, que en esta su infancia tardía parece entregarse a un hedonismo de placeres solitarios y mínimos. Mirado así, de cerca y con picardía, nuestro problema es otro. Ver cómo llegamos, narrativamente, de un garabato a una ecuación. Como si de repente fuésemos todos niños y, en pleno examen final, nuestro maestro de literatura se nos acercase y preguntase: ¿cómo cruzar la cuerda floja de esta vida que se tiende entre un garabato y una ecuación? Y es que la épica del coronel es aquella que lleva del garabato a la ecuación en plena guerra: la construcción de aquello que alguna vez, en conversación con Maximiliano, se atrevió a llamar una granada simbólica. Como niños en pleno examen, sintiendo la ansiedad de la respuesta que parece sugerirse por todas partes pero que se niega a llegar finalmente, nos limitamos a dejar que el tiempo pase, pacientes en la esperanza de que ocurra un milagro.

Al coronel siempre le pareció que el verdadero milagro era que sucediese algo en vez de nada: nada extraordinario, sino meramente algo. El televisor, protegido por una madre que se negaba a desprenderse de una época que le fascinaba, le dio a entender que no había nada más común que esa serie de milagros cotidianos: la realidad se saturaba de eventos por todas partes, de huelgas, de catástrofes, de alegrías y de cortocircuitos, de una enorme cadena de acontecimientos que, sin embargo, para él habrían de culminar muchos años después –en 1985 para ser específicos– frente a otro televisor que mostraba las imágenes de un terremoto mexicano que terminaba por derribar un sueño de modernidad llamado, por una casualidad no tan casual, *el milagro mexicano*. Viendo caer en ruinas los famosos edificios que el propio Mario Pani había construido en un delirio de modernidad, en una esquizofrenia racional, el coronel sintió miedo por Maximiliano. Lo había aceptado como discípulo por no decir hijo, como apóstol por no decir heredero. No podía darse el lujo de perderlo. Revivió, en una especie de *déjà vu* portátil, la sensación de ver las imágenes de Tlatelolco en plena huelga, la masacre y las masas corriendo despavoridas en una noche que no era la suya pero que bien pudo haber sido. Fue entonces cuando las dos imágenes se le mezclaron por todas partes en una cadena que no era la cadena de la piedad sino de un temor ingenuo. Lo que surgió fue una constelación sobre la cual aparecían tres momentos de la realidad mexicana superpuestos sobre la imagen de su anárquico padre Vladímir Vostokov: Maximiliano siendo ejecutado a pleno mediodía, la Masacre de Tlatelolco y el terremoto cuyas imágenes apenas empezaba a digerir. Tomó una pequeña postal y empezó a redactar las notas que luego aparecerían en medio proyecto, especie de teoría histórica basada en ciencias oscuras, forma de rendir homenaje a esa doble tradición que ahora se venía abajo en una especie de cataclismo de la razón. Trazó una sola imagen: los dos Maximilianos mirándose de frente en pleno delirio de sonrisas anárquicas.

Así que no todo en esta vida es gula y ocio, baños de burbujas en un monasterio de retiro repleto de divas científicas. Hay algo más: una pulsión de vida que lo fuerza a bañarse para limpiar culpas. Ahora que vuelve a cantar lo deja muy claro. Ya no canta en francés sino en español, con un tono más leve y más reconocible. En plena bañera, nuestro querido anacoreta deja atrás su carrera frustrada como tenor y se dedica a esbozar los tonos de una canción de Nino Bravo, como si en su búsqueda final de un equilibrio póstumo intentase apaciguar los pesos de su seriedad con retoques pop. Nuestra estadía aquí, especie de sección fotográfica mezclada con confesión católica, ha sido eso: otra forma de ese sube y baja que jugábamos de niños, un juego continuo con un hombre que ni siquiera se siente observado pero que actúa como si lo estuviésemos juzgando. Él lo sabe bien: la pluma tardará su tiempo, pero al terminar su danza pendular la encontramos en el piso. Él lo sabe bien: la vida se mueve en espirales de púas pero termina por dirigirnos al mismo fin. Por eso, ahora que sabemos más de esta historia que se decanta entre las ecuaciones de las espirales de púas, se nos hace difícil caer en la trampa pop, en los vericuetos demasiado fáciles de este coronel sin guerra. Buscamos en el archivo y vemos una foto del coronel vestido de monje con una sombrilla sobre el brazo, lo cual de repente nos lleva de vuelta a las postales. Allí encontramos una sobre la cual el coronel ha transcrito una frase de Mao Zedong que dice: «*Yo soy un mero monje calvo con sombrilla en mano.*» Entonces corremos nuevamente a las postales y encontramos una, escrita justo después del terremoto, que establece un paralelismo entre un monje quemándose a lo bonzo y la historia según la concibió el coronel en su delirio alquímico:

Lo recuerdo perfectamente: allí estaba el monje por televisión en plena protesta. Llegaba a una plaza que parecía esperarlo, con su atuendo monástico, sus sandalias y su paz. Se sentaba tranquilamente sin el menor nerviosismo y de repente era el keroseno y el fuego, las llamas ardiendo sobre su cuerpo en paz, sin movimiento pero aún vivo. Todo en protesta de esa guerra que yo ignoraba que existía. Y yo allí, mirándolo en su inmolación pausada, pensando: algo así es la historia, algo absurdo que se consume pero cuya furia pausada tiene algo bello como una ecuación.

Ahora que lo vemos en su monástico hábitat de retiro, vestido un poco de monje, dándose un baño en donde el agua reemplaza al fuego, sentimos que él comprendió el absurdo que conjuraban las dos imágenes. La imagen de Mao Zedong como un monje calvo con una sombrilla roja bajo el hombro y a la par este monje anónimo que en una tarde placentera se sentaba a esperar su muerte. Todo por televisión, en una especie de cercanía que el coronel nunca olvidaría, como tampoco olvidó el rostro de su madre por más que intentó olvidarlo. Visto así, como un monje con sombrilla bajo el brazo, lo entendemos: el coronel esconde su pasión como algo que realmente no entiende.

No entender es tal vez su forma de vida. Este mismo hombre que de niño distrajo al hambre deshaciendo nudos invisibles, este hombre cuya pasión se enreda entre garabatos y ecuaciones, sabe muy bien que existe una belleza que consiste en dejarse enredar por la vida y seguirla hasta sus últimas consecuencias. Y es que en esta historia, ahora que lo pensamos, abundan las líneas torcidas: nudos y alambres, espirales y cuerdas flojas, ecuaciones que se extienden a lo largo de una vida como la más riesgosa frontera. Más aún, ahora que una nueva mosca ha logrado entrar en el baño por una pequeña rendija, notamos que en esta historia abundan los insectos: pequeñas pero coloridas avispas, orugas y moscas, animales diminutos que incomodan los quehaceres de lo que parecería ser una vida cómoda. La imagen del monje inmolándose fue algo así. Una especie de nudo incómodo que llegó a su vida justo cuando el coronel se juraba a salvo de lo real. Una especie de incomodidad oportuna, como esta mosca que ahora ha vuelto a entrar en el baño y que por los insultos que escuchamos, parece que comienza a irritar la paciencia del coronel. Nuestra historia es ésta: un coronel con mosca saludando a un monje con sombrilla.

Y es que el coronel, ahora inmerso en su batalla contra esta inoportuna mosca que lo acecha en plena ducha como si se tratase ya de carroña, es más un aficionado que un profesional. Su vida fue siempre así: una especie de desfile continuo de distracciones sin fin dentro del cual las matemáticas fueron una obsesión que paulatinamente se fue convirtiendo en maestría, para luego degenerar en disparate y finalmente perderse entre la blancura de un paisaje sin urgencias. Hay que afirmarlo con la fuerza de una exageración: la única seriedad del coronel es tal vez la fuerza de su afición. Si nos movemos un poco dentro de su monástico burdel, si husmeamos los rincones de esta casa de retiro, encontramos lo que parecería ser una especie de museo de historia natural: fósiles enmarcados, piezas volcánicas, dibujos a escala de animales extintos, colecciones de minúsculos animales disecados. *Taxidermia:* extraña forma de pausar la historia. Caminamos por un largo pasillo sobre el cual diminutos animales –insectos de todo tipo, hormigas y moscas, avispas y pequeños pájaros– parecen mirarnos con ojos juiciosos. Enorme pasillo un tanto oscuro sobre el cual vemos colgadas de la pared fotografías del coronel en pantalones cortos, con esas piernas largas y pálidas que ya vimos en esa última foto que le envió a Maximiliano, en medio de un río suizo con su red de cazar mariposas. Retrato que nos regresa a la imagen más torpe del coronel, a la imagen del matemático encorvado sobre su escritorio que encontró Chana Abramov a su llegada, la imagen que luego recordarían los amigos de la facultad en el artículo del periódico francés. El hogar del coronel, espejo de su vida, es un espacio caprichoso. Si seguimos caminando por el pasillo llegamos finalmente a lo que parece ser la sala principal de este caprichoso e improvisado museo: un gran espacio ocupado por una enorme colección de mariposas. La afición del coronel se disuelve en una multitud de inesperados oficios, esconde su pasión y la multiplica, la convierte en este salón sobre el cual mil mariposas gozan estáticas de sus vidas póstumas. Caminamos entre tanto color y observamos que junto a cada mariposa parece haber un estudio matemático de su anatomía, esbozos de ecuaciones que se quedaron a medias pero que ahora pertenecen al museo, enmarcadas como si se tratase de otro espécimen. Y en el medio, entre tanta mariposa y tanta ecuación, de repente surge algo inesperado: una fotografía enmarcada de una mujer con sombrilla. De cerca queda claro: se trata de la misma mujer, el mismo rostro ambiguo de ojos asiáticos y parca sonrisa, la misma exquisita seriedad, esta vez envuelta en medio del amarillo de la sombrilla que el coronel tal vez le prestó. Al coronel las aficiones y las pasiones, la política y el amor, se le mezclan en una metamorfosis continua que mantiene la historia en jaque.

La madre llega para recordarle la tradición del padre: esa tradición de comunas y granadas, de panfletos y de aforismos, cuya pasión explotó un día en medio campo de guerra. La madre llega un día con su historia a cuestas y de repente el coronel se siente incómodo e irresponsable, se ve pálido y enclenque, habitado por un hambre de acción que lo fuerza a pararse de una vez y por todas, salir de su invierno y recorrer esa extraña cartografía que lo acaba depositando en ese espacio de guerra desde el cual, sin embargo, se da el lujo de tomar la fotografía que ahora tenemos delante. En el archivo de un psiquiatra que se encargó de atenderlo durante sus meses en Vietnam, encontramos la siguiente nota: «*El coronel, como se designa, parece no en-*

tender dónde nos hallamos, o por lo menos prefiere negarlo. En su tiempo libre, apunta en sus libretas la fisionomía de la fauna tropical que nos rodea.» Extraña política inhumana que no conoce el miedo pero sí la entrega, que no siente empatía pero tampoco es egoísta. Especie de museo absurdo rodeado por ruidos marciales.

Cuenta un olvidado cronista español la historia de un vasallo que cruzó el Atlántico desprovisto de ambición y de ansias de gloria. A Maximiliano siempre le gustó esta historia: el vasallo que se montaba en la herrumbrosa nave de la ambición ya no en busca de gloria sino en un intento por quebrar el aburrimiento: partir a la aventura, arriesgarlo todo, sólo para quebrar el tedio. Tal vez fue éste el caso del coronel, tal vez se fue a la guerra por distraerse un poco de esa madre que lo abrumaba silenciosamente hasta resucitar en él los demonios de su infancia, esa herencia ingrata que no lo dejaba enfocarse en sus ecuaciones. Chana Abramov, bella a pesar de la edad, bella como sólo son bellas aquellas mujeres que atraviesan la locura, se pasaba el día frente al televisor viendo manifestaciones y huelgas. De vez en cuando se detenía, abría la libretita de cuero sobre la cual su difunto marido había esbozado sus pensamientos más leves, y leía, con un español tan rústico que no quedaba claro si realmente comprendía lo que decía, aforismos como éste: *«El tedio de una vida se recorre en un día. La alegría también.»* Ahora que caminamos de puntitas por esta especie de museo de historia natural, con sus mariposas coloridas encubriendo patrones de diva, con sus fósiles y sus insectos disecados, pensamos en la geología sentimental de este coronel vuelto mimo, vuelto rabino, vuelto enciclopedista, vuelto matemático, vuelto caprichoso anciano. Y nos preguntamos: ¿cuántas capas habrá que quitar para encontrarse nuevamente con el niño de pelo lacio y manos chicas? No muchas. Basta un corte transversal, corte angular sobre la roca de su pasión inhumana, para ver la estratificación de los sentimientos de nuestro juguetón anciano.

En media jungla amazónica, en pleno 1824, Johann Moritz Rugendas detiene su proceso pictórico y finalmente mira al suelo. Del suelo húmedo de ese Brasil con el que soñó, toma una piedra en mano. No sabe cómo pero la piedra se ha quebrado en una diagonal que la ha dejado expuesta. Ve entonces, en un recuerdo que no olvidará, los estratos de un tiempo pasado, la historia vuelta geometría pura, y piensa: fue con esta roca con la que Caín mató a Abel. Geometría mortal que nos devuelve a *María la Hebrea*, diva de rocas alquímicas, embajadora de una historia sin orígenes.

Los placeres transversales.

En transversal ha cortado la atmósfera un ruido imprevisto. Como un golpe seco, el sonido ha atravesado el flaco pasillo que lleva al museo, ha saludado a los insectos y a las mariposas, hasta llegar a nosotros en un eco vuelto alfiler. No hay duda: algo ha caído dentro del baño del coronel. La preocupación es inmediata. Corremos desesperados, queremos al coronel, su ternura y su pasión, nos preocupamos por él. Corremos impacientes en el camino opuesto al ruido hasta llegar a ese baño dentro del cual, de repente, encontramos al coronel en plena ceremonia marcial. El espejo lo refleja todo: el coronel en sus trapos más nobles, vestido de lino azul y corbatín amarillo, mirándose en el espejo con cautela, peinando sus blancos rizos como si se tratase de la imponente cabellera de un Adonis vuelto Héctor, peinándose a la misma vez que se afeita con gestos tan finos que nos vemos forzados a preguntar: ¿será que nuestro monástico aristócrata espera una visita? Quién sabe. Nos limitamos a verlo afeitarse con cortes lisos, a ver correr la espuma sobre el agua, los rizos relucientes y la piel que de a poco se vuelve lisa, desprovista de la barba a medio andar con la que lo hemos visto hasta ahora. Y aun así, mirado más de cerca, vemos en sus gestos evidentes torpezas, momentos de imprecisión, tiernos errores de una navaja que termina por configurar una especie de mosaico sobre su rostro. Islas de barba intacta se suceden entre la piel lisa. La vanidad del coronel es doble: tierna como su piel más lisa y áspera como su barba blanca. El espejo no miente: allí está el rostro de un anciano que se ha vestido para su última guerra como si se tratase de una fiesta de duques. Nos acercamos con cautela a examinar la opacidad de ese rostro que esconde múltiples vidas. El coronel, como si nos saludara, sonríe.

Cuenta Sir Thomas Browne en su *Religio Medici* lo siguiente: «*Existe ciertamente una Fisiognomía, pues hay ciertos caracteres en nuestros rostros que llevan en ellos el lema de nuestras almas, en los cuales incluso un analfabeto puede leer nuestras naturalezas.*» Tres siglos más tarde, envuelto por el aura de la modernidad más avanzada, entre fotografías y cuadrículas, un retratista parece contestarle: «*He descubierto que 150 puntos es la menor cantidad necesaria para volver distinguible a una persona. Con menos puedes lograr la forma de una cabeza pero no serás capaz de proveer informa-*

ción sobre quién la persona realmente es.» Desde los Pirineos, tal vez por la blanca altura y los aires plácidos, algo queda claro: nuestro mundo es aquel que reconcilia la ciencia más oculta con los pixeles de su pasión moderna. El placer de los retratos.

El coronel sonríe y en la sonrisa está su enigma: juego de espejos. Sin embargo, ahora que finalmente lo tenemos de frente, ahora que vestido en sus mejores trapos, con su barba a medio afeitar y sus perfectos rizos blancos, sonríe para el espejo, ahora podemos elucidar su enigma con más claridad. Decir por ejemplo: a todos les toca convivir con al menos una culpa. Al coronel, sin embargo, le tocó vivir con la ecuación de su culpa. Y es esta ecuación la que a través de décadas ha terminado por convertirse en el singular rostro que ahora retratamos: lejos de las máscaras, el rostro de repente se nos ilumina en su propia luz, con sus arrugas y su calvicie, con las abultadas ojeras que designan una vida en pasión, con las líneas faciales acentuadas como si se tratase de un retrato en blanco y negro. Pero no. Al coronel se le retrata en colores, con su chaqueta de lino azul y el corbatín amarillo, con esa su sonrisa alegre que rellena melancolías. Retratarlo en colores significa entender su protesta contra la vejez. Ahora que lo miramos de frente habría que decirlo: el coronel, en su vejez más avanzada, propone una huelga contra la tercera edad. Maximiliano, al recibir las últimas postales, llegó a asomarse a esa verdad. Notó que las tentativas teóricas del coronel se volvían cada vez más breves, cada vez más puntuales y que poco a poco desvanecía el horizonte temporal. Sin saberlo, el coronel adecuaba sus obras a los percances de su memoria. Todos hubiesen pensado que para aquel

129

que había vivido el siglo en su esplendor más pesado sería una bendición ser arropado por la más liviana amnesia. El coronel, mirándose al espejo, parece responder: lo habría sido si hubiese tenido alguna descendencia sobre la cual volcar el peso de su memoria. En algún momento el coronel comprendió que le fallaba la memoria, que se le escapaba el pasado como globos de helio y que no tenía hijos sobre los cuales delegar su memoria. Se propuso entonces este extraño y vertiginoso proyecto en el cual lo encontramos: codificar la vida en pequeñas postales, construir una Babel enciclopédica para su memoria en grietas. Y ahora que, distrayéndonos un poco de este rostro que empieza a iluminarse con luz propia, miramos alrededor, lo vemos todo claro: la casa repleta de *post-its* con curvas y ecuaciones, pequeñas notas para la memoria de un hombre que de repente comprendió que su memoria sólo reconocía la voz de la razón, los nudos y sus ecuaciones. *Los Vértigos del Siglo* es ese proyecto: el intento por fijar la memoria universal en códigos numéricos, computador de la historia universal listo para ser archivado en pequeñas gavetas. Aún más. Ahora que sonríe, con su vejez a cuestas, con su atuendo de duque en misión, reconocemos en la levedad de su sonrisa un olvido con culpa, una búsqueda de un hijo en quien depositar la memoria de un siglo. Su paradoja fue encontrar un hijo cuyo rostro no coincidía con el suyo.

¿Por qué Maximiliano? Bastaría poner los dos rostros a la par, las rojizas y achinadas mejillas de Maximiliano, signos de su herencia indígena, al lado de los pómulos escuálidos y blancos del coronel, signos de su herencia eslava, para saber que siempre se trató de una adopción imposible. El coronel tratando de adoptar nuevamente a ese pueblo mexicano de su infancia, tratando de tomar como hijo a un heredero de la tradición indígena que escondía su linaje bajo el nombre de su último emperador. Leídas ahora, desde el descubrimiento de la amnesia del coronel, las cartas toman una fisionomía distinta, se convierten ya no sólo en una confesión de culpa sino de enfermedad. Se nos hace imposible, por ejemplo, leer esta postal sin encontrar en ella la confesión de un síntoma:

> «*Maximiliano, hay que volver a las formas de la infancia. Hay que dedicarle tiempo a desfigurar la realidad en pequeñas catástrofes, sólo para luego reconfigurarla ya no sólo desde el recuerdo sino también desde el olvido. Aprender a reconocer en la vida el garabato y en el garabato la vida. Hay que ser como esos monjes del Tíbet que algo guardan de la olvidadiza alegría de los niños. El hijo, el padre del hombre.*»

El hijo, el padre del hombre. ¿Cómo no ver allí y ahora ya no sólo un pedido de un hombre cansado que busca a un hijo para guardar su memoria, sino también la alocada propuesta de un viejo que busca a un hijo que lo adopte como padre? En la misma postal, extraña en sí por no mostrar un paisaje pirenaico, sino una callejuela vacía de Jerusalén de noche, el anacoreta define en términos vagos la propuesta de su proyecto con la siguiente extraña aseveración: «*Ésta es mi vida vista desde mi infancia mexicana, desde esa infancia mexicana que siempre me pareció más ligera e inocente, pero a la vez más potente en su extensión de llanuras que miraban hacia otra parte.*» Digamos entonces que este hombre que ahora viste de colores primarios, este hombre que ahora mira su rostro con paciencia alegre, ejercitando sus músculos en una danza de muecas sin fin, este mismo hombre fue el que en su más ligera vejez decidió adoptar para sí la más profunda herencia mexicana.

En los días de su insomnio alcohólico Maximiliano podía pasar horas mirando un vaso a medio beber. Rememoraba su único encuentro con el coronel. La amnesia del alcohol había dejado intacta aquella memoria: los arcos rojizos del hotel colonial, la plaza repleta de matemáticos que habían llegado para ver la llegada del genio, la placentera noche con su aura de lujo, todo rodeaba a la figura del matemático francés que se paseaba por la celebración con cierta impaciencia. En algún momento pareció desprenderse de la multitud que lo acosaba y se acercó a él. Aunque no lo pudiese creer, fue a él, a quien el prestigio no había tratado con la mayor cautela, a quien el genio decidió pedirle una partida de ajedrez. En su distrófico francés, ya en media partida, Maximiliano le preguntó por qué había sido a él a quien le había pedido el juego. La contestación del coronel, llegada como un puño, lo mantendría intrigado por muchas décadas: *«Porque se me olvidó que no te conocía.»* Décadas después, con el proyecto ya a medias, con las postales trazando cartografías transatlánticas, Maximiliano recordaría junto a la frase la mirada dislocada con la que el coronel lo miró aquella noche: una mirada vacía que parecía ver más de lo que debía, una mirada rellena de formas sin fin. Ahora lo sabemos: algo tenía esa mirada de la atención perdida con la que años antes Chana Abramov había mirado estática la televisión en una especie de activismo de zombis. ¿Será la amnesia del coronel una enfermedad genética o, al revés, una enfermedad de la genética? *Se me olvidó que no te conocía*: las frases del coronel se en-

132

redan en una sintaxis que parece esconder falsos enigmas. Maximiliano lo pensó alguna vez: qué eran los genes sino infinitos nudos que se enredaban hasta más no poder, hasta inventar formas imposibles de liberar, nudos detrás de cuyos enredos se encontraban largas historias que sin saberlo nos dirigían a ese corbatín de perfecto lazo que el coronel viste hoy con la mayor de las elegancias.

Décadas más tarde, con la misma mirada perdida, el coronel se acomoda el corbatín amarillo y repite frente al espejo, en un perfecto español que poco deja entrever su genealogía dispar, las siguientes palabras:

«Querida, no creas que llego tarde. Me voy a la guerra.»

El español le ha salido como si se tratase de un galán de telenovela, como si ese regreso a la infancia fuese en sí un regreso a sus años mozos. No importan las islas de barba intacta que en su apresurado afeitar ha dejado a medias, no importa la calvicie ya largamente declarada, el coronel resume su orgullo en una sonrisa que lo declara el más improbable casanova: casanova de divas científicas, de pizarras negras sobre panoramas de guerra. Nuestro aristocrático monje se regala aura de actor en esta su última noche. Mira el espejo una y otra vez, en un ejercicio de vanidad que parecía estar cargado de indiferencia. Sabemos, sin embargo, que lo que a primera instancia parece ser mirada de indiferencia arrastra detrás de sí cierta carencia de memoria, una ausencia esencial que convierte a la realidad en algo leve e indescifrable, vacío desde el cual vuelven a salir las palabras:

«Querida, no creas que llego tarde. Me voy a la guerra.»

Lanzada así, con rigor indiferente ante un espejo mudo, la frase significa demasiado. Algo en el tono, sin embargo, nos da a entender que esta frase, extraña en su lógica dispar, podría dirigirse tanto a la madre como a alguna amada. Algo en ella resuena patéticamente anacrónico, como si se remitiese a ese momento en el que, aburrido de una vida de genio, el matemático francés se levanta dispuesto a convertirse en el más idiosincrático coronel de guerra jamás visto. La frase se detiene y continúa, como si se plantara indiferente a los riesgos: especie de declaración de guerra. Miramos alrededor –la casa en paz, los libros sobre las estanterías, el baño con sus azulejos y sus arabescos– y no vemos a qué o a quién le podría declarar la guerra. Aun así vuelve a repetir la frase:

«Querida, no creas que llego tarde. Me voy a la guerra.»

En el tono con el que ha declarado la cursilería frente al espejo notamos algo más. Vislumbramos la decisión de aquel que, al decidir finalmente volverse partícipe del mundo que lo rodeaba, las huelgas de París, de Berkeley, de Tlatelolco, le sonaron demasiado cercanas, pero para quien las montañas de Vietnam, el propio Hanói, le pareció el perfecto escenario para el comienzo de una nueva vida. Las frases del coronel configuran un espacio en donde la oruga batalla con la mariposa. Al hombre que vemos ahora sobre el espejo nada parece importarle. Prefiere entregarse al olvido de la blanca seda.

Se trata, entonces, de contar la historia de un secreto. Aquí va uno. Cuentan los cronistas antiguos que, en plena tarde de agosto, la emperatriz Xi Ling-Shi tomaba el té bajo una morera en su jardín. De repente, algo cae sobre su taza. Al intentar sacarlo, el enigmático nudo blanco se deshilacha hasta volverse larguísimo. La emperatriz no duda: es maestra en el arte del tejido. Lo toma en mano y comienza a tejer. Cuentan los cronistas que éste fue, por su origen, uno de los secretos mejor guardados dentro del imperio chino. Años más tarde, un coronel sin imperio teje sobre pizarras negras ecuaciones frágiles pero agudas como la seda, en un intento por codificar una pasión que sabe olvidará pero que se presta para un sinnúmero de patrones fáciles de recordar. ¿En qué consiste el secreto? En tejer contra el olvido un corbatín de seda amarilla para luego poder sonreír con ligereza.

El placer de lo ligero.

Ligero, inmerso en su elegancia tardía, el coronel se dispone a volver al mundo que brevemente lo ha expulsado. De este breve exilio vuelve envuelto en una armadura perfecta, con su elegancia como escudo y su sonrisa como emblema, listo para afrontar los fantasmas de las divas insepultas. Acercándose al escritorio donde ha esbozado la inexistencia infortunada de esa *María la Hebrea* que de ser tantas no fue ninguna, se limita a hacer un dibujo de cinco trazos de una mujer de trenzas largas. Luego se ha puesto a caminar por la casa caprichosamente hasta desaparecer detrás de una cortina. Cuando regresa lo hace bajo la melancolía minimalista y musical de las *Trois Gymnopédies* de Satie –selección extraña y ecléctica para este anciano que escucha tanto a Jacques Brel como a Nino Bravo, tanto a Vinicius de Moraes como alegres tarantelas. Regresa con la actitud de quien mide pasos. Ha mirado entonces hacia el horizonte que se extiende más allá de las ventanas: no mucho, la plena oscuridad de la noche, algunos ruidos nocturnos que ganan cierta precisión al conjugarse con las notas de Satie, el testarudo negro de los Pirineos que ahora acaba por desplazar al blanco. El coronel sonríe: sabe que se ha perdido el atardecer. El acto, cotidiano y breve, de bañarse, de afeitarse, de lavarse los dientes, de afinar los rizos, le ha tomado casi dos horas: en esos esfuerzos mínimos se le van los días. Mira nuevamente hacia la noche con una melancolía que parece burlarse de su corbatín de seda amarilla. Se le ha escapado el atardecer con sus tonos anaranjados, con sus tonos moribundos y su batalla triunfal. Y es que sucede que al coronel le encanta el color, la batalla y el crepúsculo, pero parece atraparlo un mundo de blancos y negros, un mundo de fotografías antiguas amontonadas y enmarcadas sobre pasillos sin fin. Incrementando el ritmo de sus pasos se ha acercado al papel sólo para trazar nuevamente el mismo garabato:

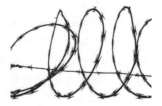

¿Adónde nos guía el garabato? Hay algo en él de disparate y de tropiezo, de sinsentido dirigido. Tal vez se trata de la espiral de la memoria en agonía; juguetona pero melancólica espiral que nos guía a esa fotografía cuyo *zoom in* nos devuelve el rostro de la mujer de ojos rasgados y cabello lacio, esa fotografía que de repente se convierte ya no en culpa sino en ecuación de la culpa. La vida del coronel es algo así: un volver continuo sobre un mismo punto que sin embargo parece destinado hacia un fin. Y es que hay algo que el día no digiere, un nudo duro que la sonrisa no se traga, especie de nudo de lo real que se niega a caber dentro del catálogo simbólico de este coronel sin metas. Al virar la fotografía encontramos una fecha y un lugar –*Hanói, 1969*– seguido por la famosa ecuación:

$$f_! = \sum (-1)^i R^i f_* : K_0(X) \to K_0(Y)$$

El coronel, a sabiendas de que el olvido se le venía encima, transformó su culpa en ecuación. Nos decimos: este anciano sabía que olvidaría el evento pero nunca la ecuación del evento, que olvidaría la vida pero nunca el código de la vida. En plena noche, un anciano de elegancia tardía abre la última gaveta de su escritorio, saca una fotografía y la voltea. Finalmente sentimos el pudor del testigo: nos duele ver al coronel en su atuendo de duque francés analizando la ecuación de un rostro y el rostro de una ecuación, en un vaivén constante que esconde el nudo de seda de toda esta historia.

Rodeados de noche los acordes caen como juguetonas gotas de agua sobre la culpa de un hombre cansado. Una tras otra, nos fuerzan a acercarnos hasta reconocer los matices mínimos, las diferencias que se esconden detrás de la aparente repetición. El coronel mira la fotografía compulsivamente, la gira y analiza la ecuación, vuelve a mirarla. Vacío de memoria, se limita a repetir. Y es que la traición necesita repetirse para tomar conciencia de sí misma. Pedro niega a Jesús tres veces antes de realizar su culpa. El coronel traduce su memoria en ecuaciones en una extraña forma de repetir una vida que ya no le pertenece. De repente, sin embargo, cree recordar una imagen: la imagen de su madre dibujando día tras día el mismo cuadro –el paisaje del volcán Iztaccíhuatl– mientras él, pequeño coronel de pelo lacio y manos chicas, corría por ese jardín mexicano sobre el cual su padre había plantado la bandera anarquista. En una especie de repetición desfasada le llega otra memoria bajo la forma de una anécdota. Su padre,

137

Vladímir Vostokov, en plena guerra contando una anécdota de la infancia de Chana Abramov: la pequeña todavía en su Rusia natal, rodeada por aterciopelados sombreros negros, pasando las páginas de un libro que describía los ciclos de vida de los *Bombyx mori,* mejor conocidos como gusanos de seda. Vestido en sus mejores trapos, nuestro coronel de barba impar cree recordar a su madre sentada en una pequeña silla, leyendo con fascinación sobre ese proceso de metamorfosis que acababa por convertir al gusano en mariposa. A Chana Abramov lo que siempre le pareció interesante era que la oruga –animal voraz por excelencia– trabajara incansablemente para dejar de ser quien era, para volverse mariposa: algo parecido a ese método que años más tarde utilizaría para asegurarse de representar el mismo paisaje. El falso recuerdo ha terminado por emocionar al coronel de forma inesperada. Se ha puesto de pie y ha caminado hasta el escritorio, ha abierto una gaveta que mantenía cerrada con candado y ha sacado una postal. Por el paisaje y la fecha sabemos que se trata de uno de los aforismos que Maximiliano usó para construir la *Diatriba contra los Esfuerzos Útiles.* Con las manos temblorosas, con voz potente, el coronel se vuelve orador al momento de entonar hacia la noche uno de esos enigmáticos aforismos que durante tanto tiempo renegó:

> *Toda nuestra vida hacemos la misma cosa: el tedio de saber que todo acaba igual. El verdadero trabajo es una especie de repetición continua de un ejercicio de invisibilidad. La destrucción es el ejercicio supremo del poder. Borrarse, como borraba mi madre a los héroes y dejaba al volcán. Borrarse como borra la seda al gusano para dar paso a la mariposa. Borrar como borra la ecuación a la vida y deja...*

De repente la voz se le quiebra, como si, al mencionar a la madre, de repente algo se deshiciera, como si súbitamente se encontrase desnudo frente a un espejo. La realidad ha terminado por invadir su fortaleza de divas y de biografías ajenas. Y desde allí, donde la vida vuelve a salirle al paso a la ecuación, este coronel de manos temblorosas vuelve a recordar brevemente la ternura de su madre, que dedicó meses a repetir el mismo gesto: sentada frente al televisor, Chana Abramov repetía el gesto manual con el cual cambiaba de canal. De repente el recuerdo se corta. Entonces, ya muy cerca y atentos, vemos cómo los labios del coronel esbozan las palabras ya escuchadas:

«*Mamá, no creas que llego tarde. Me voy a la guerra.*»

El desplazamiento mínimo fija el dolor de la frase. Una sola palabra ha cambiado: sin embargo, el sentido ha girado. La frase de bolero ha sido reemplazada por la dolorosa frase de un hombre cansado que a los ochenta y tres años decide declararse hijo prófugo. Habría que detenerse aquí. Aun en sus momentos más melancólicos el coronel juega a engañarnos. La frase que ahora dirige a la madre ya muerta no concede juegos, como tampoco los concede la fotografía de la amada perdida. Detrás de una frase de dos caras se esconde la pasión de un anciano olvidadizo al que la noche le llega repleta de memorias confusas. Las paradojas del coronel son aquellas de un alma en pena que aún sonríe.

Basta hacer silencio, pausar la música, olvidarlo todo y escuchar: los grillos declaran que la noche es profunda. La vida pasional de un hombre, pensamos, es algo así como una noche con grillos: vida subterránea y molestosa que trabaja a nivel de superficies invisibles, entre oscuros matorrales y malas hierbas. Rara vez se logra ver al grillo cuya monótona melodía acompaña la noche. Rara vez se logra ver más allá del síntoma cuya presencia declara la pasión del hombre como secreto a desenterrar. Nuestro coronel no es excepción: en plena noche, impecablemente vestido, esconde su pasión detrás de una multitud de síntomas que culminan en una bella botella de alcohol. Con la noche ya anunciada y declarada, el coronel destapa una botella de ron dorado, toma un vaso bajo y se sirve el primer trago. Y asimismo lo vemos beber, arrugar el rostro en mueca de disgusto y volver al trago inmediatamente. El sentimentalismo lo asalta como un puño al estómago bajo la forma de una memoria esporádica: cree ver, dibujada contra la noche, la tarde de su regreso. Se recuerda entrando en la sala, mirando las pizarras que todavía guardaban los escritos de su vida pasada, se recuerda inundado por un sentido de inutilidad y de culpa, mirando alrededor en busca de algo. Recuerda su rostro de orfandad al ver que su madre no estaba allí, que había desaparecido con la misma facilidad con la que había vuelto un día, especie de terremoto sin réplicas. Toma nuevamente. El alcohol lo vuelve ligero, le regresa la memoria de a momentos, especie de vida aforística que ahora le presenta otro enigma: a sus ochenta y tres años el coronel reconoce que todavía es huérfano. Y su orfandad no tiene código o se resiste a la ciencia de los códigos, como esa fotografía que ahora vuelve a tomar en mano y se pone a mirar con ternura. A los ochenta y tres años al coronel lo invade una neurosis de destino, una ansiedad fatal que lo fuerza a beber en busca de una familia que lo adopte. Nosotros callamos con pudor. A su alrededor la noche se vuelve profunda como los grillos que la pueblan con su serenata amnésica.

V

El escenario es el siguiente: sobre una mesa de cuero oscuro el cristal espeso de una botella de ron dorado transforma las imágenes televisivas en una especie de caleidoscopio alcoholizado. No sabemos en qué momento de su borrachera el coronel ha decidido imitar a su madre en el gesto de prender el televisor, pero ahí están las torpes imágenes con sus colores difusos como testigos. Entorpecida la vista por la botella, nos limitamos a escuchar. El coronel parece haber dejado el televisor prendido en un canal religioso, en el cual un pastor parece entonar su retórica evangélica. Por las aleatorias palabras que recogemos al vuelo el sermón parece versar sobre la pasión del Cristo, sus caídas y su fuerza, su odisea mezclada con la de aquel Job que jugó su pasión desnuda ante la indulgencia muda de su dios. La voz del pastor, rotunda, raspante, quejosa, alegre, especie de espiral de la pasión misma, indica aún más. Sobre ella parece erizarse la furia de una comunidad entera, las alegorías que se multiplican por segundos, el bullicio de la multitud, la atmósfera de afirmación. De repente una mano blanca se ha extendido sobre la escena y ha movido la botella. Sólo entonces notamos que ésta anda ya casi a medio beber, que el cuarto empieza a oler a alcohol y que esa misma mano de dedos chicos pero puntiagudos, esa inequívoca mano del coronel, vuelve ahora a servirse otro trago mientras de repente, despejado nuestro ángulo de visión, finalmente logramos ver la silueta del pastor en medio sermón. A medianoche, extendiendo su vaso de ron contra lo oscuro, el coronel se relaja observando los gestos con los que el pastor rinde homenaje a esa larga tradición negra del verbo hecho carne. De repente notamos algo. Algunas de las palabras lanzadas desde el púlpito lo han despertado de su amnesia, lo han hecho abrir los ojos en señal de reconocimiento. Lo vemos entonces acercarse a la pantalla como si buscase escuchar mejor, vestido como está de duque francés, con su chaqueta de lino azul y su corbatín de seda amarilla, con esa anacronía olvidadiza con la que ahora vuelve a escuchar:

Sí, hermanos. La letra mata y el espíritu vivifica, escribió San Pablo. Y así fundó una Iglesia. El soplo de vida que necesitamos es la fe que de repente convierte a Saúl en Pablo. Y es a su vez un mensaje de esperanza social. La visión de un futuro igualitario, la visión de un vendaval que nos lleva a todos hacia el mismo fin, un fin vivo. La letra mata, es decir, nos mata si nos dejamos llevar por la pura realidad sin su sentido íntimo. Melville, hermanos, ese gran poeta americano, escribió alguna vez sobre la batalla de un hombre contra la naturaleza, contra una enorme ballena blanca. Esa batalla épica es la batalla del espíritu cristiano contra la falta de fe moderna...

Vemos al pastor en su gesticulación muda, las manos al aire como palomas flamencas, la energía invadiendo el

144

cuerpo en una especie de apoteosis de la alegría que termina por estallar en una amplia y feroz carcajada. La escena retrata un ritual olvidado donde no importa casi el discurso sino la gestualidad que lo rodea. En plena noche aristocrática, nos limitamos a registrar los pixeles que dibujan la carcajada comunal sobre la cual se asienta el sermón del pastor. Lo vemos reír y sentimos que los nudos de su discurso se complican hasta el contagio, hasta el punto en el que ya no es el pastor el que ríe, ya no es ni siquiera la comunidad misma, sino nuestro coronel de las mil guerras.

Borracho, con sus ochenta y tres años a cuestas, el coronel se entrega a los placeres de la risa. Lo vemos en su batalla con la melancolía, olvidadizo pero alegre, acercándose al televisor que ahora mira con cautela, como si buscase copiar algo, hasta que de repente su misión se vuelve clara. Camina decididamente hacia ese escritorio donde ha esbozado sus vidas ajenas, rebusca entre el desorden y regresa cargando tres armas: un control remoto como aquel que tanto usó su madre, un bastón sobre cuyo puño logramos reconocer labrada una cabeza de pato y una rosquilla un tanto fría que no tarda en engullir. Inmediatamente, lo vemos presionar un botón en el control remoto. Las imágenes del sermón transcurren ahora mudas. El coronel, intoxicado por la alegría etílica, un poco goloso, un poco hedonista, ha decidido que la guerra se avecina. Se sirve otro trago. Lo vemos entonces gesticular en una especie de danza religiosa que parece imitar la teatralidad del pastor. Rito místico que es a la vez un comienzo. El coronel prepara su sermón.

Un espejo de pie refleja la escena: el coronel en su atuendo elegante, bastón en mano y televisor prendido, esboza solemnes gestos frente a un salón vacío. Sería tal vez éste el momento de interrumpir la narración bruscamente. Regalarle un cachorro, obsequiarle alguna mascota de lealtad tardía que llegase a lamerlo, a animarlo en su valiente gesta. Un gato al menos, compañía momentánea y lejana, frío acompañamiento para estas montañas frías. Tal vez un canario, coro eclesiástico para el sermón que se avecina. El espejo, sin embargo, no nos regala súbitas mascotas. Sólo una reluciente sala solitaria en medio de los Pirineos, la noche ya en pleno esplendor, los grillos la única presencia animal. Mascotas imprevistas de paradójica lealtad. ¿Dónde está la comunidad para este pastor improvisado? ¿Dónde está esa Sinagoga vuelta Iglesia para aplaudir las inflexiones de su voz, los giros de su discurso? ¿Dónde está Maximiliano apóstol para asumir la herencia de esta tradición por la cual apostó? La soledad, sin embargo, no impide la alegría. Con el alcohol calentándole las venas, la memoria del coronel se enreda y se confunde en nudos de seda hasta que de repente la soledad se puebla de fantasmas y el coronel los siente a todos acercándose de a poquito: la mirada perdida de su madre, la voluntad anárquica del padre, el aliento cansado de Maximiliano, un par de ojos achinados cuyo rostro se esconde detrás de una multitud de fotografías. Sólo entonces, con la memoria poblada de un público imposible, nuestro coronel da un paso adelante, golpea el bastón contra el piso de reluciente madera y comienza su sermón:

Queridísimos, la historia es un vendaval pausado. Nosotros la vemos pasar con su brisa rápida como si se tratase de algo ajeno. Nos limitamos a recoger las ramas que caen de las palmeras que se resisten. Creemos construir con esas hojas caídas nuestro futuro hogar. Futuro de hojas caídas en media catástrofe. Sugería un viejo cronista contar las piezas que quedan intactas luego del temblor. Yo las he contado: siempre hay un punto que se mantiene estático, un testarudo e inamovible punto que se resiste. Sujetarse a ese punto minúsculo pero central es nuestra misión. Misión que me lleva a hablarles ahora de una diva que cruzó el Atlántico para pelear una guerra que no era la suya pero que la adoptó con la más profunda sonrisa. Al final de la decadencia hay un imperio. Y el nombre de este imperio al que nos dirigimos tiene nombre: Cayetana Boamante.

Lo vemos ahora en su sermón, con las temblorosas manos tiradas al aire, imitando en forma impropia a ese pastor que a sus espaldas continúa su discurso mudo, envuelto en una ternura anciana. Súbitamente, ya no es meramente el coronel en los Pirineos, sino el coronel en media guerra, el mismo coronel en su disparatada faena, trazando ecuaciones en medio Hanói, invadiendo Vietnam con la lógica de las curvas. Pasión de teoría. La voz, esta voz que ahora retoma su castellano más antiguo, se quiebra por momentos pero prosigue, alentada como está por una voluntad alcoholizada que sin embargo parece saber que al final de su trayecto se encuentra algún descanso. Las palabras del coronel corren hacia el futuro con la conciencia de que el olvido las persigue, desbocadas y erráticas, temblorosas como esa risa con la que ahora vuelve a detener su sermón para mirarse en el espejo. Allí se ve las arrugas en el rostro y los rizos cayendo en cascada sobre la brillante calvicie. Rostro de alguien eterno. El espejo traza ahora un collage: en dos planos, el coronel y el pastor, gestos tirados al aire, discursos que se copian hasta más no poder, palabras que recorren el Atlántico envueltas en atuendos de seda. El espejo lo ve todo: lo ve llevarse el trago nuevamente a los labios, hacer una mueca de disgusto y volver a mirar al televisor. A sus espaldas la realidad transcurre pausada pero distinta. El sermón se ha visto interrumpido por unos comerciales. En la pantalla una mujer de piel lisa parece ejemplificar los beneficios de una nueva pastilla. El coronel, tempestivo y furioso, toma el control remoto en mano y apaga el televisor. No le gustan las pastillas, prefiere la realidad extraña de los discursos que un pastor de tez oscura recrea sobre una comunidad sureña en un país lejano. El espejo lo ve repetir una frase homeopática: «*similia similibus curantur*». Cansado, con la levedad del alcohol a cuestas, se tira sobre su sillón de mimbre y sonríe con esa su risa que arrastra melancolías. La soledad amenaza con sacarle secretos a este coronel cansado.

El agua tiene memoria: a Maximiliano siempre le gustó la expresión que usaban los homeópatas para describir la paradoja química de su oficio. En alguna postal perdida intentó explicarle al coronel la lógica homeopática, la locura de Samuel Hahnemann, los vericuetos detrás de una expresión latina: *similia similibus curantur,* lo similar cura lo semejante. Años más tarde, sentado por una borrachera que lo fuerza a hablar de imperios y de sermones, inmerso en un olvido que lo devora de a poquito, el coronel se sienta y pronuncia las palabras que esconden la lógica de Hahnemann: *similia similibus curantur.* La frase queda suspendida sobre una atmósfera de alcohol. Pronunciadas así, entre el bullicio de los grillos y el olor a sala alcoholizada, nuestro anciano se convierte en una especie de chamán moderno. *El agua tiene memoria:* Maximiliano explicaba con esa extraña frase la paradoja que se escondía detrás de una verdad científica. Si el veneno se diluía tanto como querían los homeópatas, la química moderna podía asegurar que la probabilidad dictaba que no se encontraría ni una molécula en la supuesta cura. Beber la cura vacía, le escribió alguna vez el coronel. El agua tiene memoria, respondía Maximiliano. El agua recuerda que allí hubo contacto, recuerda las propiedades de ese veneno que termina por salvarnos la vida. Ahora que ha vuelto a prender el televisor y que el pastor aparece en escena con su sermón a cuestas, el coronel pronuncia la frase a sabiendas de que el olvido cada vez se le vuelve más pesado. No importa. El agua tiene memoria. Tal vez por eso el coronel se sienta a mirar su propio vaso, con el hielo derritiéndose de a poquito, diluyéndose en el trago mientras un poco más allá el pastor vuelve a reír.

De repente una idea lo ha asaltado forzándolo a pronunciarla: si alguna vez llegásemos a ser tan testarudos como el hielo que ahora ve derretirse lograríamos finalmente ganarle al tedio. Su apuesta es sencilla: volverse tan energéticos como las fuerzas naturales que no descansan nunca, que le ganan al tedio a fuerza de crearlo. La idea, sin embargo, le ha venido envuelta en papel de memoria: le ha llegado la imagen de un hombre en un bar lavando vasos incesantemente. Entonces ha comprendido que ese hombre fue su padre –Vladímir Vostokov– durante sus años mexicanos. Se pasaba el día lavando vasos para luego llegar a la casa y planificar la revolución. Para escribirlo todo en esa pequeña libreta de cuero que le entregarían a su

149

madre el día que una granada le ganó la partida a la ilusión. Allí, en aquella libretita, se encuentra una página con la siguiente frase: *similia similibus curantur*. Finalmente, al coronel parece abrigarlo su familia ausente. Sólo entonces notamos que ha levantado la mirada hacia un espacio en la pared en el cual de repente descubrimos dos retratos: una mujer y un hombre, pálidos los dos. Son sus famosos padres tal y como se debieron haber visto en la década antes de la guerra. Pero el coronel no quiere pasado, por eso se para y con voz de tenor retoma el sermón que apenas comenzaba:

> *Cayetana Boamante, les doy un nombre y les regalo una historia. Es la historia de una errática mulata en un vasto imperio. Nuestra mulata nació en el Caribe, hija del improbable junte de un padre de ascendencia aristocrática, masón y librepensador, con una madre esclava. Pero hablemos primero del padre. Anastacio Boamante llegó a América en 1840 seducido por la tentación arqueológica de encontrar las ruinas de la Atlántida en América. Nunca pudo imaginar que encontraría en cambio un imperio en pura decadencia, un sistema esclavista plagado de piratas, rutas que lo llevaban a un presente putrefacto en vez de a un pasado. Sí, señores. Este hombre ahogó sus penas en los brazos de una esclava.*

Un ruido ha interrumpido su sermón. En el corredor algo parece haber caído interrumpiendo su discurso y forzándolo a dejar a medias a esta tercera diva. En los ojos notamos una sospecha. De tanto hablar de imperios, ha terminado por contagiarse. El coronel teme la llegada de los bárbaros.

«Entren, que los dioses también están aquí»: la frase es de Heráclito de Éfeso pero bien podría pertenecerle al hombre que ahora vuelve a tomar su elegante postura de anacrónico pastor. Ha revisado la casa hasta encontrar el origen del ruido. Una canasta con tres orquídeas ha ensuciado el piso de caoba brasileña. Pero el coronel no les teme a los bárbaros. Muy por el contrario, algo en su rostro nos indica que los espera, tal y como esperó a Maximiliano por años, en una soledad rodeada de fantasmas. Ha recogido el desorden de las flores rápidamente y ha vuelto a prender el televisor. Entonces ha cambiado el canal hasta caer en la imagen de un hombre con barba que lentamente esboza un paisaje montañoso. Algo parecido a los Pirineos en los cuales nos hallamos. Ha recordado entonces la historia de su madre pintando el mismo volcán y se ha dirigido a su escritorio en busca de la botella de ron. Se ha topado de frente con la misma fotografía y la ha vuelto a tomar en mano. Si se tratase de fisionomías podríamos decir que el rostro del coronel delata una espera, una expectativa de visita. Pero nadie llega. Sobre la pantalla televisiva el hombre continúa en su pedagogía visual, mostrando cómo se han de pintar unos cuantos pinos, una montaña nevada, un horizonte azul. *Paisajes sin bárbaros*, murmura el coronel. Toma entonces la fotografía en mano, la gira hasta mirar nuevamente la ecuación ya casi olvidada y vuelve a la carga. El alcohol lo cansa por momentos pero la voluntad de su voz mantiene su fuerza como si de ballenas blancas se tratase:

Sí. La historia de Cayetana Boamante también envuelve a una madre, a una biblioteca y a un delirio. Anastacio Boamante llegó a América esperando encontrar el imperio perdido y encontró en cambio las ruinas de un

151

imperio que nunca fue. Murió cansado entre medicinas homeopáticas que él mismo creó. Su legado fue la loca suerte de Hahnemann. Pero dejó algo más: diez libros de masonería, un tratado francés sobre alquimia y una serie de textos matemáticos. Es éste el legado que fascinó a Cayetana Boamante.

Alguna vez, entre los matemáticos de la facultad, se discutió el extraño fenómeno de escucharse uno mismo. La extraña voz que aparecía al usar la grabadora dejaba a más de uno espantado. Especie de ventriloquia terriblemente cercana, escucharse uno mismo era enredarse en una voz que ya no te pertenecía. El coronel, ese mismo hombre que en sus años mozos jugó su suerte a la cuerda floja y a una ventriloquia de títeres, no parece darse cuenta pero habla como si se escuchase. Con una voz tan estudiada y fría, con aura de pastor en misión, narra la historia de esta Cayetana Boamante que en más de un sentido parece extraña. Y el tiempo pasa, como siempre, repleto de vacíos, hasta que de repente se detiene y de los labios del anciano vuelven a brotar palabras como plomos:

Cayetana creció en la biblioteca del padre muerto. Legado de extraños símbolos que traducían para ella el arte alquímico de Paracelso. En las caribeñas tardes de los veranos sin fin, la joven halló en los tratados de alquimia su primera tentación. Sintió encontrar, en el legado aristocrático de su padre, una visión de una Europa encantada. Esbozó así la cartografía de un escape. Nunca imaginó que las rutas no siempre observan la geometría de las líneas rectas y que detrás del mapa siempre hay sorpresas.

El televisor, con la voz del hombre que pinta arbolitos como si se tratase de autos en líneas de montaje, marca las pausas de este sermón vuelto relato. Algo sin embargo empieza a latir detrás de la objetividad de esta historia inventada. El coronel rellena sus horas con historias que lo confiesan.

Apenas notamos que nuestro pudor nos detiene. Ya lo teníamos encerrado, rodeado por paredes azuladas en un baño, y lo hemos dejado escapar como si darse una ducha, engominarse los bigotes y peinarse el pelo fuese suficiente para lavar una culpa. No es fácil condenar a un viejo. Más aún cuando en su rostro se retrata la ternura de una confesión tardía. Y sin embargo no hay que engañarse: la aparente confesión del coronel que parece ahora esconderse detrás de este esotérico sermón vuelto relato de divas no es más que una nueva cura homeopática. El coronel narra su culpa con la misma frivolidad con la que esboza su ecuación. Vuelta sermón, vuelta historia, la culpa queda más lejos, no olvidada pero si sepulta, en una suerte de silencio luminoso que lo regresa al recuerdo de su casa parisina. Sí: el coronel es un desertor. Aterrizó en una guerra que no era suya y así partió. Su deserción, sin embargo, es aún más profunda. Falta poco para que lo veamos confesar la verdadera culpa, esa culpa cuyo espesor finalmente comprendió cuando los ecos de una casa vacía le devolvieron las palabras aún no pronunciadas:

«*Mamá, he regresado.*»

Silencio de moscas revoloteando sobre una casa vacía. La frase dio tres volteretas sobre el escenario de su recién adquirida orfandad y volvió a él repleta de furia. El televisor estaba apagado. La ausencia de su madre no dejaba

153

más rastro que esa ausencia de imágenes sobre una pantalla que de repente le pareció anacrónica. Sobre la mesa no
había ninguna carta que explicase la ausencia, la enfermedad, la muerte, cualquiera que fuese la explicación para la
súbita partida. Años más tarde, cuando Maximiliano le
preguntó por su participación en la guerra, se limitó a decir: *«Perdí a dos seres queridos, pero sólo lo supe cuando re-
gresé a casa.»* Lo cierto es que aquella noche al llegar a la
casa volvió a sentirse el mismo niño que con furia y desve-
lo cruzó los Alpes. Se acercó a su escritorio, vio los papeles
con su simbolismo matemático y sintió cómo la furia cre-
cía hasta explotar en una nube atómica de papeles volando
por los aires. Corrió entonces a las pizarras y las borró todas. Sobre ese vacío sería donde escribiría entonces la última ecuación como matemático:

$$f_! = \sum (-1)^i R^i f_* : K_0(X) \to K_0(Y)$$

Todo el resto son ecuaciones que le pertenecen al coronel: el proyecto de *Los Vértigos del Siglo*, las ecuaciones
que de vez en cuando encontramos esparcidas entre las gavetas que esconden las vidas ajenas, las postales a Maximiliano. Extraño pensar cómo una ecuación puede cortar
una vida en dos, marcar un camino que treinta años más
tarde hace temblar la emoción de un hombre en plenos
Pirineos. Sí. En ese hombre que, separándose de las pizarras, dejó la tiza sobre una mesa para abrir la mochila de la
cual saldrían las fotografías de su época de guerra, ya no
quedaba nada del antiguo matemático distraído y nervioso, del joven que alguna vez jugó con marionetas y cuerdas flojas. El hombre que viró la fotografía que lo declara-
ba culpable, ese hombre con la cabeza rapada que trazó la
ecuación sobre el reverso de la imagen, ya era otro. Fue

entonces cuando tomó su mochila, se dejó crecer esos rizos que ahora le otorgan su aire de Aquiles socrático y partió hacia las montañas para afrontar su culpa. Sin esa ecuación no hay historia, al igual que sin la historia no hay ecuación. Interesante inversión de la paradoja entre la oruga y la mariposa. El coronel, especie de oruga con cáscara mudable, se prometió olvidar al hombre que había sido. Fue sólo años más tarde, cuando comprendió que el olvido se le acercaba ya no como promesa sino como enfermedad, que sintió el verdadero temor de su decisión. Pero ahora, en la larga noche, aun cuando le tiemblen las manos un poco, no hay furia sino temple, gestos medidos y una historia que parece no tener nada que ver con su misión. Nosotros sabemos más. Sabemos, por ejemplo, que ahora que retoma ese nombre extraño con el que ha consagrado a su última diva –Cayetana Boamante– no hace sino narrar su culpa en clave. Se trata de saldar cuentas, de una confesión que lo dejará dormir en paz. No podemos entonces ser pudorosos, pues se trata de un crimen de guerra.

De sus años de guerra recuerda aún algo: el espesor de una voz marcial y objetiva era capaz de ponerle velos al miedo. Tal vez por eso adopta esa testaruda voz de pastor que, sin embargo, poco a poco, el alcohol comienza a roer a pasos agigantados, poniendo comas donde debería haber puntos y acentos donde debería haber silencios. Lo vemos extender el brazo, tapar al hombre que sobre la pantalla dibuja obsesivamente arbolitos, tomar la botella en mano y darse bruscamente un trago. Los grillos acompañan este oficio de mimo alcoholizado que termina por quebrarle los gestos en signo de emoción. No sabemos en qué piensa, pero lo cierto es que del trago ha vuelto más furioso. Ha mirado la pantalla y de repente ha empezado a cambiar canales violentamente, especie de *zapping* alocado detrás del cual podemos ver brevemente esa realidad que de tanto esconderla se le vuelve evidente: la multitud de canales con películas mediocres, los comerciales con sus tonos estridentes, la imagen de una niña en un carro antiguo, los paisajes naturales que recrea una lente preciosista, una telenovela que de repente lo hace detenerse y luego seguir, hasta volver a encontrarse con el sermón del pastor. Sin embargo, esta vez el coronel no se detiene. Liviano, protegido por la manía heredada de su madre, continúa presionando ese botón que no tarda en regalarle más imágenes: unas coloridas guacamayas en media jungla tropical, rostros abatidos por la sentenciosa heroína, algún programa de niños con un hombre ridículamente vestido de dinosaurio violeta, un documental que persigue las pistas de los últimos nazis en Argentina. Nada le interesa. Prefiere entregarse a ese placer vacío que gana al presionar repetitivamente y sin conciencia un simple botón. Así que nuestro coronel, borracho y melancólico, furioso y sentencioso, continúa su faena por ese bosque de imágenes que de a poco empieza a poner en peligro su estadía pacífica en este monasterio de retiro: una película western en blanco y negro, las imágenes de una guerra lejana, un comercial en donde una modelo hermosa de piel oscura posa en bikini para la pervertida lente de una cámara que de repente se ve interrumpida por las imágenes de una multitud en huelga. El coronel detiene su esquizofrénica búsqueda. Furioso, incapaz de ver las imágenes de esa multitud bulliciosa que lo regresan vagamente a las obsesiones de su madre, presiona los dos dígitos que sin problema lo regresan a la imagen del pastor en medio sermón. Allí se siente a gusto, entre la retórica imprevista de ese hombre que, en media borrachera, empieza a parecerle muchos. Y sin embargo, cuando, imitando los gestos del hombre que ve en pantalla, el coronel retoma su sermón de divas, la voz ya no es la misma. Algo se ha fracturado: «*La guerra no es para todos. No tenías derecho a pedirme lo que me pediste y menos aún a cruzar el Atlántico.*»

Las palabras le salen pausadas, en un tono de furia no desprovisto de melancolía alcoholizada, en una secuencia sin más contexto que esa fotografía que de repente vuelve a aparecer en sus manos, con la ecuación estorbando la memoria con la misma fuerza con la que él vuelve a servirse un trago. Desde más arriba, desde las paredes prístinas de esta especie de manicomio para hombres lúcidos, los retratos de sus padres lo interrogan hasta forzar en él una rectificación de lo dicho:

Tal vez la guerra no es para todos, pero sí lo fue para Cayetana Boamante. Vestida de hombre, con trapos hediondos y un bigote improvisado, se montó en un barco dirigido a la metrópoli. Perseguía la imaginada Europa de su padre, esa tierra de masones y de alquimia, de símbolos escondidos tras siglos oscuros. Pero, mis queridos amigos, la historia no sigue la lógica de las líneas rectas, menos aún en siglos de piratas. La fortuna llevó a Cayetana hasta esas extrañas islas llamadas las Filipinas. Y aun así yo —impotente, incapaz, temeroso— desistí de sus súplicas. La vejez me ataca como las hormigas.

Pero la confesión no es aún clara. El coronel vuelve a mirar el retrato de sus padres con ojos de niño culpable, hace una mueca incierta y de sus labios vemos partir una frase que creemos haber leído.

¡Basta! Nuestra conciencia resuena con ese chillido que produce el televisor antiguo al apagarse. Basta. Contagiados por la furia alcohólica del coronel corremos el riesgo de ceder a los sentimentalismos fáciles, a la balada de dos pasos, al patetismo del llanto sin razón. Como si nos oyese, como si en medio sermón pidiese un momento de silencio y sobriedad, nuestro anacoreta deja por un segundo su trago sobre la mesa, saca su pipa de brezo, la rellena de tabaco y la prende. Solemne, se entrega al tedio de la noche figurada por los torcidos caminos del humo, hasta que de repente la imagen se vuelve oscura y difusa. El coronel ha cruzado su hogar hasta llegar a su mimado jardín de flores. En medianoche oscura las flores mantienen sus colores latentes en lo oscuro, presencia oculta pero palpitante. Olor sin imagen. Pizarras negras, tez oscura de la mujer amada, paisaje de postal convertido en arte vanguardista. Pero al coronel no parece importarle la oscuridad ni sus distantes asociaciones. Conoce de memoria las siluetas de ese paisaje, las murallas de su imperio que hoy toman la forma de montañas blancas, las fronteras que lo separan de esos bárbaros a los que tanto amó: poco a poco, en su alcoholismo sosegado, siente crecer en sus venas la tentación mortal de sentarse allí y esperar el fin, la llegada de los bárbaros, esperarlo todo con pipa en mano, la llegada de Maximiliano apóstol a caballo, la llegada del discípulo en venganza, cargando en pequeñas pancartas la ecuación de su condena. Nadie llega. Por eso el coronel se limita a lanzar bocanadas de humo sobre esa noche que sería de una oscuridad total si no fuese por un pequeño farol que se encarga de iluminar cierta parte del jardín. Tranquilo, adormecido por el alcohol, mira las luciérnagas que revolotean en torno a la luz y se limita a pronunciar en castellano una frase que recuerda haber leído:

«*También la mariposa nocturna, cuando se pone el sol de todos, busca la luz de la lámpara del hombre privado.*»

Sin darse cuenta ha producido una metamorfosis: las juguetonas luciérnagas que acá revolotean en torno al farol se han visto rebajadas a meras mariposas nocturnas, polillas que encierran la noción de una decadencia y de un fin. Y repetimos lo que decíamos desde un principio: aquí algo huele a carroña. El alcohol le produce esos altibajos que nos fuerzan de repente a aceptar la imagen de un hombre solitario que en el fin del mundo espera una invasión bárbara. De repente, sin embargo, el rostro se le ha iluminado como si el alcohol finalmente llegase a su meta. Escuchando los grillos, observando las luciérnagas, ha sentido que la invasión bárbara ya está allí sin dejarse notar. Especie de emboscada a oscuras, ha creído ver a Maximiliano en todas partes, en cada una de las imágenes televisivas, en la jungla y en la guerra, en una película de vaqueros y en pleno sermón evangélico. Sin embargo, una imagen lo ha capturado. Ha creído ver, con certeza, a Maximiliano entre las manadas de gente en media protesta. Ha creído verlo en cada rostro, el mismo rostro enjuto con los pómulos rojizos, la mirada indígena y su contemplación sesgada. Más aún, ha visto a su madre viendo a Maximiliano por televisión y ha creído ver, en la imagen televisiva que observa su madre, a Maximiliano cargando un cartel con una foto de su fenecido padre. Al verlo, la expresión se le ha salido sin frenos:

«*Puto alcohol que me jode tanto.*»

Para zafarse de la extraña imagen, ha regresado en sí con un brusco gesto. Lo vemos tocar su chaqueta con furia, como si buscase algo perdido o como si a través del tacto buscase asegurarse de que no sueña. Ha seguido con el toqueteo desenfrenado hasta que al mirarse los dedos se ha topado con un color rojo sangre que le ha sacado un suspiro. Tranquilos. No sangra el coronel. Algo peor: el cartucho de una pluma fuente se le ha explotado en media chaqueta, arruinándole su atuendo de duque francés y forzándolo a renunciar a este breve cese de misa. Lo vemos buscar desesperadamente la pluma que ha causado el colorido desastre. Difícil tarea: la pluma parece haber caído por un hueco descosido del bolsillo de la chaqueta. Allí, en ese espacio inaccesible y recóndito, convive con los gusanos que poco a poco se dedican a roer la privacidad de un hombre culpable.

A sus espaldas unas relucientes estanterías guardan los libros que han acompañado la travesía de este afligido coronel. Es una colección ecléctica que atraviesa siglos y continentes sin detenerse en temas ni en lenguas: una traducción mexicana de *Las Mil y Una Noches* convive con la escatología islámica del *Kitab-al-Miraj*. Más abajo se puede distinguir una versión española de *La Tempestad* de Shakespeare, un busto de Calibán, seguida por una serie de textos latinos de oratoria entre los cuales llegamos a distinguir *De Inventione* de Cicerón y un libro de Quintiliano titulado *Institutio Oratorio*. Al coronel le gusta pensar que sus dotes de orador lo salvarán algún día de su temible timidez. Tal vez por eso se dedica a dar sermones en un cuarto vacío, con la valentía de aquel que se escucha a sí mismo. Más abajo aún podemos distinguir una serie de textos que atestiguan su corte místico: una serie de interpretaciones cabalísticas de las Sagradas Escrituras, un libro de Maimónides y el enciclopédico *Canon de la Medicina* del persa Avicena nos dan a entender que de mística nuestro protagonista sabe algo. Cuando era más joven al coronel le gustaba pasar horas brincando de un libro a otro, creando nexos imposibles entre continentes y eras imposibles. En otro estante aparte, separado por unos muñecos de personajes ilustres –Benjamin Franklin, Mao Zedong y Bolívar– se encuentran los textos más modernos: una copia exquisita del *À Rebours* de Huysmans, una edición de *Tristram Shandy* y por último una copia del proyecto incompleto de Flaubert, *Bouvard y Pécuchet*. Algunos libros de matemáticas y poco más. Habría que preguntarles a los gusanos que roen estos libros por el sabor de las páginas que de tanta espera ya parecen vino. El silencio de los gusanos al roer es tal vez la mejor respuesta: aquí no pasa nada o casi nada, pero en medio de ese incurable tedio una vida se decanta hacia su fin. Por eso ahora que se quita la chaqueta manchada, quedando a solas con la camisa blanca y su mancha mortal, nuestro coronel se limita a buscar una nueva pluma, a rebuscar en esas gavetas sobre las cuales guarda sus proyectos incompletos y a sacar una página en blanco. Es allí donde escribe:

«El tedio, serpiente melancólica, es la enredadera en donde el aburrimiento le ve la piadosa cara a la posibilidad.»

Pero al coronel la posibilidad se le extingue con la misma rapidez con que se consume el tabaco sobre su pipa. Con la camisa manchada de esa tinta roja que en algo parece herida mortal, el coronel se nos desangra de a poquito en una casa vacía. Por eso habría que acelerar el paso y contarlo todo de un solo golpe, dejarlo dormir en paz con su conciencia limpia. Por eso le pedimos una confesión final y una disculpa. El coronel se limita a beber en espera de la invasión bárbara que nunca llega.

Pocas cosas le producían tanto placer a Maximiliano como ver la precisión fatal con la que el coronel fulminaba las postales con las que rellenaba la locura de sus proyectos. Precisión matemática del QED: queda entonces demostrado. Pero el problema es que una vida no es un teorema a ser demostrado. ¿O sí? Ahora que fuma, que vemos el fuego tostar el tabaco, nos preguntamos si no sería mejor tomar el fuego e incendiarlo todo, anular la evidencia y sentarse a ver desde lejos el crujir de la madera tragándose consigo toda la obra póstuma de este matemático que decidió dejarlo todo para ser algo más, algo extraño, especie de vida monástica repleta de culpas. Quemarlo todo y entregarse a esa nueva vida, vida tardía repleta de perdón. El coronel sin embargo no lo quiere así. El cansancio lo arropa con la fuerza del peor de los tedios. *Rusia, México, España, Vietnam, Francia:* la ruta ha sido demasiado larga para terminar reducida a cenizas. ¿O no? La culpa del coronel es simple: negarse a añadir a esa alucinante cartografía una última punta, una punta caribeña. Por eso, en esta su última noche, especie de Jesucristo desprovisto de cena y de apóstoles, se dedica a recrear a una falsa diva caribeña detrás de cuya historia se encuentra la clave de su vida y pasión, de la punzada que incomoda su bienestar y lo condena a sobrellevar el peor de los tedios. Cayetana Boamante es la última culpa de un hombre privado.

¿Tan difícil era tomar un avión, llevarse las pizarras y algunas tizas, ir a hacer la revolución en América, aquel continente que lo vio nacer? ¿Tan difícil era seguirle los pasos a esa mujer que amó y de la que ahora sólo le quedan fotografías sin memoria, ecuaciones sin vida? ¿Tan difícil repetir los pasos del padre? ¿Tan difícil dejarlo todo atrás, como eventualmente lo hizo, lanzarse con sus pistolas a la guerra antillana, dibujar ecuaciones en medio de fuegos caribeños? Y es que sí: ahora que regresamos a la infame fotografía y notamos el rostro achinado y moreno de la mujer que mira al coronel entendemos que no se trata de un rostro asiático sino de un rostro mulato y caribeño, rostro en pleno gesto de militancia juvenil. Entendemos todo, los rostros, las cartografías, las genealogías, el archivo en todo su espesor, menos lo realmente importante: ese simple gesto mediante el cual el coronel se deja ir media vida. Por eso, ahora que volvemos a escuchar el resonar de la voz que retoma el discurso, las palabras nos suenan a farsa más que a confesión:

La vejez me ataca como las hormigas pero el espíritu revive la letra muerta. Hay que contar la vida de mi querida Cayetana Boamante, diva fotogénica de astucia impar, autodidacta de valentía precoz que al llegar a las Filipinas no tardó en tomar este desvío como dato del destino. Llegó al archipiélago durante el verano de 1871. Seis meses más tarde la vemos en pleno invierno lluvioso, liderando una revuelta contra el régimen colonial español. Vestida con ese bigote que todos sabían falso pero al cual respetaban, con un coronel español apoyándola por amor o pasión, en esa odisea que parecía en un principio pura locura. La vejez me ataca como las hormigas pero el espíritu me fuerza a terminar esta historia. El año nuevo despierta en ella la ansiedad de acción, el paso al acto que termina por explotar bajo un nombre histórico que termina por olvidarla: las enciclopedias recogen, bajo el nombre de El Motín de Cavite, la sublevación nacional. Más de cuarenta amotinados son detenidos y ejecutados, pero no Cayetana Boamante. La volvemos a ver pero ya en otras costas, nuevamente en América, lista para liberar el archipiélago caribeño. Luego poco a poco la imagen se disuelve con ella de fondo y todo es risa y nada más. El coronel español nunca le siguió los pasos por más que ella se lo pidió. Y yo —impotente, incapaz, temeroso— desistí de sus súplicas y me quedé con una foto que juré no entregar a los gusanos.

Esta farsa empieza a ser roída por los gusanos del alcohol, por una sinceridad que le viene de lejos, de sus años mexicanos de pelo lacio y manos chicas. Lo vemos tembloroso y anciano, corrupto y decadente pero repleto de una alegría latente que empieza a mostrarse a través de los agujeros que el alcohol produce sobre su sermón. El coronel habla en datos como si la información tuviese que destilarse antes de convertirse en vida. Tal vez ése fue su error: creer que la vida era algo que se destilaba como el alcohol para luego beber muchos años después en una casa cómoda. Tal vez su error fue pensar que la vida podía reducirse al eterno rosario de las consecuencias de una simple decisión. La historia, dijo algún barbudo, se repite primero como tragedia y luego como farsa. En el caso del hombre que ahora vemos de frente, estirando los tirantes de su camisa de lujo, cargando con una camisa ensangrentada por la explosión de un cartucho de tinta, no se sabe cuál viene primero, la farsa o la tragedia. La vida del coronel requiere un nuevo género, una especie de farsa trágica que anula las distinciones entre lo cómico y lo trágico. Intentar pensar su paradoja es perderse en un laberinto que lleva a una ecuación y luego se pierde en esas espirales que ahora vuelve a trazar sobre una simple postal. No, al coronel no lo podemos entender. Podemos acercarnos a él hasta verlo en plena evolución tardía, aproximarnos a su verdad desde mil ángulos distintos, trazar su perfil en una multitud de retratos continuos. Limitarse a la tarea del fotógrafo, del copista, del archivo. No, al coronel no podemos entenderlo pero sí podemos cuestionar la tragedia de su farsa y acorralarlo hasta verlo pronunciar su última risa.

El coronel saca la fotografía y la mira por última vez. Allí está su pasado en forma de posibilidad: las trenzas rastafaris del hombre a su derecha, el monje budista a su izquierda, algunos niños asiáticos y más allá, en otro plano de la memoria, la mujer que lo mira atentamente con esos ojos achinados que ahora reconocemos como ojos de mulata caribeña. En su rostro se dibujan los pliegues de una sonrisa de reconocimiento que sin embargo no tardan en desesperar. Resulta difícil serle fiel a una fotografía. Lo vemos tomar nuevamente la botella de ron dorado —más simbólica ahora, más pesada—, servirse ese trago que podríamos llamar el último porque después de ése todos le pertenecen al olvido, mirar la fotografía con ojos de tedio y esconderla nuevamente en las gavetas de su escritorio. En los ojos se le ve. Este trago ha terminado por redondear la borrachera. Pequeño triunfo sobre el tedio que sin embargo parece haberle caído mal: a sus ochenta y tres años el coronel siente la ansiedad de un fin que se divierte en esconderse tras la doble cara de un principio. Ha cruzado la enorme grieta que divide dos siglos, dos milenios, pero el presente todavía se le vuelve pesado, claustrofóbico, repleto de profecías y de oráculos que no entiende:

«*Todo podría ser distinto.*»

El alcohol se empecina en agujerearle futuros a un presente pausado. El coronel toma nuevamente en un intento por despojarse de esa ansiedad que de repente parece rodearlo. Finalmente la edad parece alcanzarlo y con ella ciertos miedos. En su infancia tardía el coronel mira a la noche y siente que la realidad le viene por todos lados en la forma de un juicio sin jurado:

«Tan fácil que era tomar un puto avión, pretender hacer la guerra y volverte luego cuando ya todo pasara. O morir allá, como lo hizo ella.»

Los patetismos de este hombre cansado empiezan a tomar su costado más colérico. Aun así, la ansiedad parece ganarle la partida a la valentía. El coronel esboza frases militantes para luego retraerse en su olvido. *El agua tiene memoria:* la frase homeopática serviría para describir la forma en que en plena senilidad nuestro ermitaño alterna entre la vida de la memoria y la vida del olvido. Como ahora que al escuchar un murmullo en el hogar ha sentido una punzada en el estómago que lo ha forzado a recorrer la casa en puntas con el mayor de los cuidados. Entonces, en pleno terror solitario, se le ha salido una frase que nunca imaginó volver a repetir y que había jurado olvidar:

«¿Cayetana, eres tú? Perdona mi cobardía pero sabes que las islas me hacen mal y que la piel se me quema fácilmente.»

La frase se pierde en un vértigo sin futuro. La respuesta del coronel es tan rápida que nos recuerda la preparación para un ataque aéreo: el coronel corre a las puertas del jardín, marca un código en el panel de la alarma electrónica y de repente oímos extenderse sobre la casa un pito constante por unos segundos. El imperio acaba de cerrar sus puertas. Los bárbaros tendrán que tocar la campana si es que quieren entrar por la puerta principal. Cerrado, con las alarmas bien puestas y la memoria alcoholizada, el hábitat del coronel vuelve a tomar su aspecto más teatral, la lentitud y el tedio de los gestos esbozados como si no hubiese futuro. Con la alarma marcando los límites de lo privado, el coronel se siente más seguro, se quita los tirantes y vuelve a tirarse sobre su sillón de mimbre. Y sin embargo para nosotros todavía resuenan las consecuencias de sus palabras:

Luego poco a poco la imagen se disuelve con ella de fondo y todo es risa y nada más. El coronel español nunca le siguió los pasos por más que ella se lo pidió. Y yo —impotente, incapaz, temeroso— desistí de sus súplicas y me quedé con una foto que juré no entregar a los gusanos.

Es ya muy tarde. El coronel, borracho, pierde los hilos de su sermón, se deja llevar por la levedad del alcohol y vuelve a tomar el control remoto en mano. Las divas lo despiden en este su adiós sin disculpas.

Olvidadizo, borracho, rabínico, monástico, cansado, aristocrático, cínico, culpable, anárquico, paradójicamente militante, nuestro coronel olvida sus penas mientras se mece en su sillón de mimbre. Las imágenes televisivas proponen una coreografía visual de principios de siglo: multitudes en huelga, rostros en furia seguidos por astutos comerciales, noticias y más noticias, terremotos en las costas del Pacífico, atentados suicidas en el Medio Oriente, un bebé mostrando su prematuro encanto. El pulgar del coronel determina el ritmo de indiferencia con el cual las imágenes se suceden en una serie de equivalencia total, especie de parada cómica para un dios goloso. Al coronel, en su borrachera, todo le es indiferente. Prefiere el caprichoso andar de las imágenes que ahora comienzan a saltar al ritmo de su hipo alcoholizado. De repente, sin embargo, notamos que es el hipo solitario el que se mece sobre la escena y que el coronel parece haber detenido la imagen: miles de sombrillas de múltiples colores se extienden sobre una cartografía alocada, ríos enteros se ven cubiertos por millas de translúcidas telas, fotografías aéreas retratan la locura de dos artistas que se dedican a regresar el mundo a la escala de los dioses menores, a esa escala desde la cual la realidad toma el espesor de las hormigas. El coronel no los conoce, no ha escuchado de ellos, pero las imágenes no tardan en traerle un último placer: nada más bello que este regreso a la escala astral de monumentos cubiertos con coloridas telas, de esbozos de un mundo hecho a escala no ya del hombre sino a escala del tedio del hombre. El coronel sonríe y en su risa reconocemos la aceptación de su derrota. Allí, entre las sombrillas que se extienden a través de continentes dispares, está la lógica de su megalomanía inconclusa. Una ocurrencia, un poco alucinada, un poco senil, no tarda en llegarle. Herido de muerte, el coronel imagina a Maximiliano en su imposible faena: dibujando ecuaciones en los perímetros de su imperio, acercándose de a poquito con una lógica marcial, cubriendo al mundo con la ecuación de su culpa hasta que ya no queda más que su monástica casa en los Pirineos rodeada por esa ecuación que fue a la vez su alegría y su condena. Ansioso, feliz, cansado, borracho, goloso, patético, el coronel esboza una enorme risa que recorre la casa con la fuerza de la espiral de su locura. La vemos crecer, volverse llanto y luego seguir, cortar el hipo en dos, despojar las manos de su ansiedad usual, volverse algo más, algo grande, frío y temeroso, meteorito erizado de culpa. Y es la historia de un siglo implosionando en su risa, apagándose de a poquito, hasta confundirse con el ruido de fondo y ya no ser más.

FICHA BIBLIOGRÁFICA

Como la mayoría de los personajes de ficción, el protagonista de esta novela tiene algo de verdad y mucho de alucinación. Su picaresca intelectual toma como punto de partida la vida del matemático francés Alexander Grothendieck. No pretende, sin embargo, ser ésta una novela histórica y mucho menos una novela biográfica. Acá la historia es meramente el punto de partida para un delirio ficcional, un mundo alucinado que espero hubiese gustado al propio Grothendieck.

ÍNDICE